小院

Essays in
My Little Yard

笔记

阿
成

著

作家出版社

目　录

写在前面

　　小小院落，总藏着岁月轮回的故事，文人对院子的记忆，有着独特的感情，一年四季，总有不一样的趣味和回忆。

——老舍

春来了

到了四五月间，姗姗来迟的春风越过万里长城，来到哈尔滨这座冰天雪地的城市。说到春阳的神奇，大抵黑龙江人体验得最深罢。在春的阳光下面，你会发现那些堆积在街道两旁和广场上厚厚的、柔柔的雪，似乎被这从天而降的亿万把无形的春阳之剑刺成了一簇簇锋利的"冰笋"之林。漫步在街上，那冰雪消融的湿润气息，那甘甜湿润的风浸入你的肺中，啊，在如此莫大的陶醉与感动中，倏忽之间你会有一种小困惑，呵，这一束束冰戟似的银笋不仅仅是春阳的杰作，它们也是在春风的陪伴下共同完成的啊。

是啊，有时候你感觉不到春来了，甚至感觉不到春风吹拂的伏起与律动。然而，你却分明感到她就环绕在你的周围，并遍布整个天地之间，她那凉爽的气息已将整座的城笼罩了。我记得宋代的王观在一首词中写道："若到江南赶上春，千万和春住。"同样的，倘若此时你来到了黑龙江，莅临哈尔滨城，恰好赶上这样的清朗碧阔的时节，那真是一个天大的造化，莫大的幸运。所以，劝君千万不要匆匆地离开，一定要在春风吹拂的街道上去走一走。

这样的时节顶好是一个人出门，一个人静静地、款款地走，放下灵魂上所有的辎重和生活的琐碎，用全身心去体会那轻拂的风，无声的光，连同那湿润冻土融化的音韵。或许，此时你还穿着冬装，身着厚厚的棉衣，可是，当你走在街上，你就会下意识地解开棉衣上的扣子，摘下帽子，似乎只有这样才能将整个春天拥抱在自己的胸怀里。呵，那沉醉，那滋润，那畅快，那舒心，真真是难以言表呵。斯情斯景，你或许还记得秋风将城市里所有树的叶子摧残殆尽的样子吗？树上的叶子全部凋零了，只剩下硬硬的黑色枝干，放眼看去，俨然无数把冰冷的铁戟啊。或许正是从那个时候起，你就开始期盼这姗姗来迟的春了。

现在，你正走在春风里，沐浴在春的阳光下，你就是神啊！你会发现那些曾似铁硬的树冠悄然地蒙上了一层薄薄的"灰雾"，朦朦胧胧，延伸到城市的尽头。这薄薄的灰绿色的"纱"，在春风的吹拂下轻轻地，柔软地拂动着。若是你走近它们，会发现这柔软的枝条上已经萌生出一排排褐色的小芽苞，密密匝匝，有序地排列着。啊，春天终于来了。

设若说你是外乡人，运气又好，赶上了哈尔滨城的第一场春雨，你一定要放下手头上所有的人间俗事到街上去，擎一把玄色的或者透明的伞，一边体验这第一场春雨赋予你那种独有的梦幻感，一边聆听春雨敲击在伞面上所发出的音乐般的奇妙之声。如此情境，你就是神呵。这"像雾，像雨，又像风"的春雨，悄然地氤氲在无涯的天地之间。正是这细碎的、湛凉的、絮语一般的春雨，润滋着树枝上叶的芽苞，催发着地上青草的嫩芽儿，轻柔地融入到你的心田，你也成了春天的雨，春天的风，春天的嫩芽儿了。

春雨之下，这转瞬之间弥漫了全城的嫩嫩的新绿，予人的感觉不单是神奇，而是充满生机、充满活力的神圣了。它鲜活地展示着新生命的开始，人世间所有的新的目标和新的梦想，就是在这样的新绿中编织而成了。无论对那些熬过严冬的人们来说，还是对那些大病初愈的朋友们，抑或从情感的困境中刚刚走出来的兄弟姐妹，须知，这春风春雨下的新绿是天地造化，无私奉献给你的一剂神奇的良药，让你有脱胎换骨的大痛快、大解放。的确，普天之下，只有经历过严冬酷寒之后的城市里的人们，才能享受到如此悲天悯人的天泽。

如若你来到了江边，那冰封的江面，在严冬时节也有一两米厚的冰层，曾经奔腾东去的大江似乎被凝固成了冰石般的路，即便是十几吨的载重卡车也可以从江面上奔驰而过。然而，此时此境，冰封的大江在春风春雨的吹拂和滋润下，渐渐地改变了颜色，不再像玉，不再如水晶般晶莹剔透了，而是变成了深浅不一的灰色，已经在春风的吹拂下，在曾是冰封的江面上泛起一朵又一朵"桃花水"了。

远处传来了沉闷的，让人振奋，让人激动的春雷声。春雨在雷声的陪伴下也渐渐地大了起来，冰封的江面上骤然间发出了脆脆的迸裂的声响，像野马的嘶鸣，亦如无数片大玉的破碎，轰然一声，冰封的江面完全碎了，形成了没有尽头的冰的田，随后，冰田开始运动起来，相衔而行，叠加而出，咔咔，咔咔，彼伏此起，这瞬间崩裂成的亿万块冰排缓慢地向东流去，大大小小，簇簇拥拥，像野马，像浮云似的，像战场上的战士，像浩浩荡荡迁徙的吉卜赛艺人，簇拥着向东流去，构成了奇伟壮观的画卷。我曾经在一篇长篇小说里这样写道："素冬一过，阳气一拱，拼了命的春风撞开三月门，就在这条江面上大呼大号，大呻大吟，混混沌沌，反反复复，蹂躏多日……雪也软了，冰也酥了，清亮亮的桃花水一放，水面上漂枯叶子了，冰排儿就要下来了，江风水腥腥的，背后的晚照，圆得正壮。"虽说这样的文字似乎过于强

悍，然而这的确是开江的真实写照呵。

　　每年的春天我定要从客居的海南岛赶回来，就是要观赏这壮丽的风景。思考，浮想，或者什么也不想，站在江岸上呆呆地看着，似乎自己的灵魂都被这浮走的冰排带走了。有时候思索是一种幸福，然而什么也不想，更是一种沉醉，一种享受。

　　是啊，冬去春来兮，岁月流逝。亲人走了，朋友走了，父辈们也早早地走了，然而只有这自然界，这载冰流去的大江始终与你不离不弃，伴随着你度过了一个又一个春天的日子。它，才是你永恒的朋友，终生的伴侣啊。

闲置的小院

　　算起来也有几年没有去城郊的小院了，其实距离并不远，但是我这个俗人一直在忙，且不知道在忙些什么。人世间的事儿真是理也不顺，做也做不完哪。这一次总算是有时间了。内人说，你无论如何去看一下乡下那个小院，租期要到了，不想再租户了，实在不想要就把它卖了。正好现在有人要买，比当初买的时候还能多卖个三四万块钱，价钱还算可以。我说，去看看再做决定罢。

　　向晚无事，便和内人开车去了郊区。毕竟是乡下，路灯或有或无，零零散散的，如此说来，城郊和城市毕竟不同。

　　进到郊区小院，屋子里的灯光很暗，一位八十多岁的老者瘫痪在床，看来老先生病得很重，屋子里弥漫着浓重的病气。走出小院，我对内人说，唉，还是卖了吧。

小院
欲失而复得

　　设若没有第二次去小院的体验，小院就卖掉了。其间房屋中介也是来过几次的，他们对如此抢手的小院非常感兴趣，且卖价又这么地低廉，一下子上来好几位买家。房屋中介一直在催。我反倒觉得事情可能有些问题，决定再去看一下。凡事不要慌、忙、急。

　　这一次选择了白天去看。白天看和晚上看正像我预料的那样，情景果然不同（租户已经搬走了），我觉得这个小院还不错（仿佛是初次见面），院子很大，有三分地的样子。或是祖上基因之故，我总觉得老了老了，解甲归田了，该田园居了。有个小院，既可以种点瓜果蔬菜，还可以提一把藤椅，坐在小院里一边喝茶，或者一边跟邻居聊天，不亦乐乎。正如老舍先生说的那样，"有一方院子，在霜叶尽红的日子里，读书，写字，画画，喝茶，不失为人生一大乐事。小院，是中国人的心结。"其实在我的心里，除了老舍先生说的那些自得怡然的乐趣，还有更大的一件乐事，可能老舍先生遗落掉了，那就是在小院里，种菜、种花。

于是我吟诵起来："我本三生世外人，幻躯其实强冠巾。稍能闭户学种菜，时亦长歌行负薪。一醉却非身外事，百年终是冢中尘。君知梦境无根底，莫信人言想与因。"内人说，你捣鼓啥呢？我说，宋代大诗人陆游的诗，《书意》。内人说，明白了，就是不想卖了呗。

这让内人颇有些为难，她说都已经挂在中介了，人家会不高兴的。我说，那就把价钱再提高十万块钱，自然就没人买了。内人说，不可思议，不可理喻，阿成居然也会干这种事。

中介闻之果然不高兴了，说你可以提高个三万两万的，总不能一下子提高十万块呀。我说，少十万不卖。中介那个小伙子便铁青着脸悻悻地走了。

接下来，便开始准备重新装修小院的平房。装修公司的一个朋友欧君是这方面的专家，而且正在专门的学校里担任老师，带研究生。他说，没问题，一切我来给你办，按成本价。

小院本是两户，两个卫生间，两个厨房，两个小客厅，既然不卖了，不妨全部打通，两户连在一起，房子瞬间变大，特别地宽敞，看上去也特别地舒心。先前隔在两户小院中间的栅栏打开以后，合在一起的小菜园就更大了，无论是种菜还是种花都绰绰有余。这样一想，似乎已经看到满园的瓜果菜蔬，鲜花翠草。"开轩面场圃，把酒话桑麻。"不亦乐乎。

小院装修

在小院装修期间，我偶尔也过来看一看，听听设计师的一些想法。靠西的一面辟为书房，中间是开放性的客厅＋厨房，东面卧室安装了日式的榻榻米，这样就比较完美了。又将原来破旧的阳光房做了重新改造，看上去不仅漂亮，亦有超前与时尚之档次。当然，像我这般岁数的人不一定对超前与时尚有多大的兴趣，然而，却并不怎样反感。我想，在老年生活当中植入一点青春之感，对人对己也还不错的罢。

欧君考虑到安全，在院子里又安上了监控。虽然这并非君子之为，但也绝非出自小人之心。倒是装修专家想问题周全，在院子里铺了六七平方米的石板，专门用来接待至爱亲朋聚会烧烤。我虽未必有如此之大的兴趣，但儿女们未必不想啊。

小院子的房子经过重新装修处理之后，不要说再加十万，若加二十万也是抢手货的罢。

　　这装修断断续续从秋到冬，跨越两季，总算是完成了十之六七，于我的认知世界里，这已经是神一般的速度了。

装修的设想

说起来，一个人的装修理念总是和他的生活经历，他的境遇，他的坎坷，他的理想以及他的梦想不无关联，甚至还要包括斯人之虚荣心和追风的味道。想到这儿我不禁哑然失笑。就当下的我来说，虽然聊为卖文为生，但是难以认识和界定的寻常生活已经改变了我，对我而言，当下最重要的不是书房与画室，也不是卧房，方厅和厨房倒是我"活动"最频繁的地方。

见我装修小院，小女儿说，我也上上态度。给我买了一个可以自动展开的长沙发。这斯甚好，既可以躺着看电视，也可以窝在那儿看闲书，很舒适。都说女儿是老爸的小棉袄，此言果然不差。

我们从老房子里又挑选来几件旧家具，如茶几、餐桌、椅子之类。就我的个性而言，是不可能添置新的家具的，也觉得没有必要。不是节约，不是吝啬，是人生苦短。如果处处想着后人，不仅愚蠢也很无聊。再说，你以为后人会买你的账吗？要知道，中国人就是一个推陈出新的大族群，擦拭旧的痕迹几乎成了千百年来的别一种"国粹"。后人总是想让自己的新生活充满着活力。"青春伟大"就是一个很好且鲜活的例证。这不是怪圈，这是生命运行的必然轨迹。

设计师为我们在宽大的厨房里设计了一个"┒"形的平台，安装了水池和垃圾处理器。这是很好的，毕竟经常会有一些残留的剩饭将下水管堵了。哎，曾几何时，掏水管几乎成了生命当中不可或缺的组成部分了。所以安装上此物甚好，方便。这虽说是次等的愉快，可次等的愉快也是愉快呀。

我多年的藏书大部分都分给了两个女儿。至于那些老的、旧的、晦涩的，人家不要了。那么我留下，开卷有益啊。与其教导别人，不如开导自己。

说起来，在我的大半生中曾经历过好几处房子，无一例外，厨房都不大。其中记忆最深刻的，是在我还年轻的那个年代，就曾经居住在一个总面积八平方米的小屋里，其中厨房就占了一平方米。尽管如此，可是当时并没得局促之患，觉得挺好的呀，毕竟比几家人同在走廊里做饭那种筒子楼好多了呀。的确，没有比较，就没有幸福。再加上当时人年轻啊，在那个时代年轻人的注意力并不在房子的大小，而是能否玩得开心才是顶顶重要的。

接下来不断更换的房子厨房均不大，最大的没超过两平方米。想想看，这次有如此之大的厨房，且是实实在在的拥有，感觉如同中了大乐透的一等奖。不管怎么说，从平民到伪"阔佬"的身份转换，总是很麻醉人的。

五里不同风，
十里不同俗

"丁香小院"的名字是欧君命名的，是为了联系方便建的一个群，群名就叫"丁香小院"。之所以称"丁香小院"，是因为这个地方地处"丁香开发区"。丁香开发区，顾名思义，这里到处都是一簇簇的丁香树。到了五六月丁香花尽数开放，粲然锦色，将整个小区全都覆盖了，香风袭人，让人沉醉。虽然说这地方参差错落的都是一些老式院落，老式住宅，但是凡是经过这里的外乡人都以为这里是天上宫阙。

丁香开发区距市中心大约有十公里的路。俗话说"五里不同风，十里不同俗"。然而不然，这里已经悄然地被"都市化"了。先前，这里是纯粹的农村，住户大部分也是当地的庄户人家。虽说丁香让这里身价不凡，但无奈丁香花花期太短，到了五六月份，丁香花全部落英缤纷，又恢复了人间俗景。记得我乡下的大姨曾经说过一句笑话，"城市大姐浪一浪，农村二姐赶不上。"尽管城市风在这里不断地吹拂、渗透，但终究与都市的气氛，都市的品位，包括那种"都市派头"明显不同。例如说，装修小院时，周围的邻居常趴在栅栏往里面看。这是典型的乡下风格、乡下习俗。不仅如此，更让人感觉到温暖和贴心的是，这个地方的人，无论是年轻的，老的，亦无论男女，只要是邻居间有了什么事都会主动过来帮忙（这很像二十世纪六十年代的哈尔滨。那个时候哈尔滨城大多是平房，许多人家有院子，这些人家绝大部分是闯关东过来的人。同在异乡为异客，无论谁家有事都会过来帮忙）。这样的风习在东北农村还没有完全消失。譬如说，我在铁栅栏下面砌的是一个矮矮的，不足一尺高的砖墙，目的是防止猫狗从栅栏下钻进来。邻居王老先生告诉我，这不行，你必须让砖墙透气，不然，院子里的菜不好长。是吗？哦，是这样的。于是立马将砌好的砖墙拆掉，砌成那种像射击孔一样的花隔砖墙。你能想象得到，细节的正确与否，也可以决定植物的成活？丁香小院在我看来就是一本厚厚的民俗大全呢。

　　黄昏时分，整个丁香小区就热闹起来了，有人把一个大号播放机音箱放在小区门口（过去的村头），开始放音乐、戏曲。播放的大部分内容是东北的"二人转"，音量放得很大，怕是方圆几里都能够听到的罢。这儿的人家，无论大人孩子，也无论年老年轻都喜欢听"二人转"，这是他们的一份精神享受，或曰文化生活。可以这样说，凡是不爱听二人转的，那一定不是纯粹的黑龙江农民。不过，这一带跳广场舞的人并不多。这与城市里大爷大妈跳广场舞有所不同。由于心存困惑，便搭讪旁边的人，不跳广场舞可以扭大秧歌儿呀。他说，吓，大秧歌儿逢年过节才扭呢，不年不节的扭什么大秧歌儿啊？原来如此。这里扭大秧歌儿还颇有一点仪式感的呢。

丁香小区的人吃过晚饭后都喜欢出来聊天，这是乡下一种别样的风情。老头一堆，老太太一堆，年轻小媳妇儿一堆，小伙子们一堆儿，天南地北地聊，交换彼此的信息，彼此的感受，彼此的见闻和彼此的困惑，仿佛这是他们每天必做的功课一样。这时节"晚市"也出来了，街道两旁全都是卖瓜果梨桃，各种菜蔬，豆腐，肉，服装，各种廉价的塑料制品的摊贩，让人目不暇接。我注意到晚市卖的东西大多都有质量保证的，为什么呢？因为这些商品的买主多是当地的居民，他们不仅懂行，而且彼此都认识。如此看来，民风也是别一种法律呀。

晚上，我照例和内人出去散步。出了小院一直往前走，便是大学的校区。司空见惯的，但凡是大学校区周边，商店、饭店（尤以饭店为多）、手机店、眼镜店、服装店、邮局、银行居多，其中比较时尚的,像肯德基、麦当劳、比萨店等等,无所不有。我跟内人开玩笑,我们挨家挨户地吃,恐怕两个月也吃不完这儿所有的饭店。夫人说得倒是意味深长,你以为呢,老爷,现在农民也开始下馆子啦。说得是啊,这世界变化的速度真是太快了。记得二十世纪八十年代到九十年代初,能下馆子的乡下人大多是生产队的队长、会计和车老板子。记得有一次在齐齐哈尔的富拉尔基,早晨去一家小馆儿吃早餐,当然,是普普通通的早餐了。旁边桌坐着的是两个车老板。他们不但要了粥、油条,还要了半斤酒。我觉得很奇怪,说,你们早晨也喝酒啊?车老板说,嗨,早上喝酒牛逼一天哪。

　　住在这个地方,不会有城市人那种孤独感,那种城市人装模作样的矜持,连同自以为高傲和强装出来的"个性"。简单地说,那种隔在人与人之间的无形屏障在这里是没有的。在这里,随时随地都有人过来跟你搭话、聊天,很自然的,双方都不觉得这有什么不自在,住在这个地方认识不认识的,彼此聊聊天儿很正常,也是这儿的风气。你能明显地感觉到他们的愉快,他们的幸福,他们的乐趣,他们的梦想,和他们完全让你无法理解的满足感。

意外的烦恼

　　活着，总有许多意想不到的事情发生。无论你怎样地机警与灵巧，怎样地敏感与多疑，有些事躲是躲不开的。譬如说，小院原来的阳光房已经很破旧了，只要下雨就开始漏水。所谓"床头屋漏无干处，雨脚如麻未断绝"。尤是春天，房顶上的积雪开始融化，并不断地往下滴水，搞得房子里脏污不堪。也正是看到了这种现象，我们才下决心花四万块钱把它重新翻修一下。

　　这种小工程对专业公司而言并不是大事。他们新设计的阳光房完全是玻璃的，是名副其实的"玻璃房"，特别地敞亮，阳光可以无遮无拦地照射进来。是啊，人对阳光的依赖就如同婴儿对母亲的依赖一样。有了阳光房可以坐观外面的云天和落雨。正如老舍先生所说，"当下世人对小院的向往，与旧日文人对园林的向往大抵相同，这与我们崇尚自然的哲学有莫大的关系。……今世人奢求之小院，正如园林之境。有方小院，可以莳花弄草，听冬候春，偷享浮生。"先生所言极是。

正应了那句笑话，有时候生活是很骨感的。考虑到夏日里阳光房会因为阳光过于充足而显得闷热，便装了两个吊扇。这样一来就没有问题了。

小院的阳光房在邻居当中的确是出类拔萃的，用老百姓的话说，非常扎眼。是啊，得意莫忘形。春风初至时，忽焉一天，看到小院门上贴了一张字条，内容是，这个阳光房属私建乱建，必须全部拆除。这是一个突如其来的打击。难道说这个造价四万多的阳光房就这样打水漂了吗？后来，打电话问清楚了，简言之，是穿过阳光房的那条地下煤气管道妨碍了煤气公司的日常管理，存在着重大安全隐患。既然这样，我便杨白劳似的和城管部门商量着说，我把中间占煤气管道的这一块拆掉，分成东西两个阳光房，在两个阳光房的中间留一个无门的门斗，这样子，维修工人就可以自由地出入了。可对方说，不行，不行，不行，必须全部拆掉！我说，这个阳光房在我买房子的时候就有了，它是历史形成的，买房的时候就带的呀，不是我私建乱建，我只不过因为它漏水才把它重新装修了一下。但是，从对方的表情上我明显地感到，无论我说什么都无济于事。

总之，这件事就像一把无形的剑悬在你的头上，让人一天总是提心吊胆的。我承认提心吊胆也是生活的一个组成部分。但我双手合十，诚恳地，由衷地，希望这种提心吊胆的日子早一点结束。

这时我才知道，人在走投无路，无能为力的时候，才会求助上天，才会双手合十地祈祷。

菜农『小陶瓷』

"细雨郊园聊种菜，冷官门户可张罗"。但是，具体地操作起来就并非易事了。此外，还有一个时差问题。冬天我居海南，回来时已近五月，这个时节种菜有一点晚了。邻居这么一说，我才感到植物对节气的要求竟是那样地严格。是啊，大自然的法则不容违抗啊。如若是过去，无知者无畏嘛，我会不管三七二十一，把菜籽儿撒到地里去。但是，既然知道了有节气上的要求就不可以再瞎种了，再说，自己毕竟过了无知无畏的年龄了。

还是那句老话，办法总比困难多。内人的一个朋友帮忙介绍了一个当地的农民，这个人曾经给她的小菜园种过菜，是个种菜的行家里手，从春种到秋收，整个工钱五百元。这颇有黑色幽默的味道，试想，一个夏天买的蔬菜大约也花不了五百元呀。然而不然，你想拥有自己的菜园，你想亲自侍弄别人帮你种下的蔬菜，你想从中享受一种怡然，一种田园之美，一种质朴而天然的生活，恐怕区区五百元你是买不来的罢？更何况，你对种菜又是一个纯粹的外行。五百元的"学费"，比起孩子们上两个小时钢琴课的三百元学资，不知要便宜多少呢。

天气好，心情渐好，早晨且有薄雾飘弋，俨然仙境也。内人朋友介绍的那位农家妇女四十多岁，姓陶。黑龙江的女人就是黑龙江的女人，她们都有各自鲜明的个性，特别地朴实，特别地实在，特别的会说话，而且表达的个人想法也特别地精准，生动，幽默，特有地方色彩，让人感觉她们说的每句话是那么地入耳、贴心、开心。

她的丈夫是一个老实，憨厚，但又不失聪明的男人，姓迟。我开玩笑称他们夫妻"小陶瓷"（瓷者迟也）。但是给"小陶瓷"五百元工钱时，没料到他们觉得太多了（表情告诉我他们的这种反应是真诚的）。小陶说，怎么能拿这么多的钱呢？不就是这么一块地吗，还没有一爿火炕大呢。不行，不能收你这么多的钱。我心里想，这不都是事先说好的吗？如此看来，小陶瓷事先并不知情。尽管他们夫妻坚持不要，但是，我们必须尊重人家的劳动，不可以动摇。

小陶瓷两口子说干就干，整地、备垄、种菜籽。小陶瓷说，大哥，现在种别的菜是有点晚了，不过没啥事儿，咱们种晚豆角、晚黄瓜都行。好，菜盘佳品最黄瓜呀。小陶瓷说，再种点儿香菜、小白菜、臭菜、茴香，然后压点大葱，挺好的，就你们老两口吃不完。不过，咱实话实说，你这个地呢有点儿没劲了。明年吧，明年我给地上点粪就好了。

在聊天当中，我知道小陶瓷两口子都在一家肉类加工厂做清洁工。既然是屠宰场猪粪自然不缺。就这样，聊聊天、种种地、歇歇气、喝喝茶，再抽根烟，两家人很快就熟悉起来，俨然多年的老邻居老朋友了。是啊，多认识一些寻常百姓，才能保证你笔下的文章始终保持一种新鲜感和浓厚的生活气息。

也就是几天的工夫，小陶瓷种的小葱、苦菜、香菜、茴香都发芽了。真是神奇得很。可能小陶瓷判断城里人一定讲究生活情趣，特意买了五棵芍药花送给我们。后来才打听到，一棵芍药至少要五十块钱。显然他们是用这种方式退回我们付给他们的一半工钱。是啊，有些人的"朴实"是在嘴上，有些人的朴实是在行动上。小陶瓷夫妇是后者。

蔬菜情结

　　说起来，先前，我倒是在自家的阳台上种过一些菜，自然是一些小打小闹。楼房的阳台不过巴掌大的地儿，可是当时种菜的欲望太强烈了。便用几个泡沫箱子、花盆，那样种。为此我还写过一篇在花盆里种韭菜的文章：

　　"一直梦想着自己种点菜。儿时就曾有过这样的梦想。看到同学家的院子里种几垄豆角、葱、茄子、韭菜以及小白菜之类（兼有几棵纯粹为了观赏，为了治急病的大烟花），十分羡慕，无奈自家住的是楼房，便是想，也是做不到的。

　　"城市长大了，像个胖子，楼房也愈来愈多了，先前的平房连同可以种菜种花的栅栏院已不复存在了。尽管我知道终会有一天，我们的子孙会改建起平房来，只是那样如诗如画的一天对我们这一代人来说太遥远了，便是乘梦飞翔，亦不能及也。

"种菜的夙愿随着年龄的增长愈发地强烈起来，常有失魂的感受。

"一夕，远足去参加蒙古族的'那达慕'，在闲逛街肆，聊品风情的时候，意外发现一家菜籽商店，便虚着身子进去，询问是否有韭菜籽、香菜籽。有。而且价格惊人地便宜。付款各称了一点点，居然很多，足矣了。

"回到楼上，找出闲置的两个方形花盆，按照自己的感觉以及个性的驱使，精心地将韭菜籽、香菜籽分盆种上，压实、洒水、摆好。这才站立起来，向后挺直腰，长舒了一口气。那是何等地痛快。

"然而，菜是种下去了，心却悬了上来。

"农家盼收成，我这个假菜农何尝不是呢？

"漫长的十几天后，韭菜和香菜先后出芽了。须知，自然界的奇迹在寻常百姓生活中最多了，小到针眼里的故事，大到田野上的收成，几乎无所不包。

"韭菜的长势还好，香菜也还像样，大致与菜市场上的此类之雏形差不多。但是，韭菜长得却极其精细，说纤若发丝也不为过。可这纤若发丝的韭菜教我如何待客呢？

"韭菜尚不盈尺，我便用剪子把它们铰了下来，洗净，然后切成寸余的段儿。家里人都用奇怪的表情看着我的操作。我打了几只鸡蛋——所谓鸡蛋炒韭菜。菜很快做得了，端上饭桌，大家都静静地看着。纤细如丝的韭菜裹在鸡蛋中俨然人的皮肤中交错的毛细血管。如此古怪的一看，家人谁也不动筷。那我率先吃……"

是啊，小小花盆儿里的"苗壮"，怎能比得上小菜园的同宗、同族、同类呢？

看到小菜园里的蔬菜长势那么好，心想，小陶瓷夫妻俩不愧是种庄稼的行家里手。尤是黄瓜，几乎是眼看着它们噌噌地往上长。昨天早上起来看它们还细细的，隔过一夜就变成一根根成熟、青春、翠绿的旱黄瓜和水黄瓜了。且一茬又一茬，纷至沓来，"苦菜黄瓜亦堪数"哟，可是目不暇接，数也数不过来哟。那种喜悦，那种绿色的，纯天然菜蔬的满足感，在灵魂和情感世界里甜甜地弥漫，洇润，真是妙极了。真个是"园丁傍架摘黄瓜""黄瓜苦菜夸甘肥"。不夸张地说，吃的速度完全赶不上它们生长的速度。那一阵子内人搅动脑筋，或者做黄瓜炒鸡蛋，或者包黄瓜鲜虾馅儿的饺子，或用黄瓜拌凉菜，抑或干脆黄瓜蘸大酱粗野地吃，让你一下子品味到儿时的感受。就是这样也吃不完，再者说，总不能天天顿顿都吃黄瓜吧？吃不了只能眼睁睁地看着自己亲手侍弄的黄瓜渐渐地老去。只好摘下来与内人一起，开车挨家挨户地给儿女们送去。不单是送给他们，还有一些至爱亲朋，甚至刚刚熟悉的朋友，只要是想到的，就逐一地送。在黄瓜和豆角成长的过程当中，还需要给它们用竹竿搭上架子。只是这种看似简单的事，操作起来就并非那么容易了。本是非农的古怪人，万般无奈，只好请小陶瓷夫妇过来帮着搭。竹竿已经买好了，小陶瓷夫妇来了（两口子一来就像走亲戚那样大呼小叫的，引得邻居们都过来喜滋滋地看）。正所谓会者不难，他们夫妇很快就把豆角和黄瓜的竹架子搭好了，而且架子搭得非常漂亮，如同水彩画似的美，让人心旷神怡，悄然地沉醉了。

架子一排一排地搭好了，豆角和黄瓜就可以攀附在上面往上爬。这是蔬菜的成长秩序，生存法则，是一道蔬菜和人共同架起来的桥梁与携手合作的风景线。植物是有感情，有思维，有智慧的，它们会顺着你为它们搭好的竹架子不断地往上缠绕，往上爬。这，难道是无意识的吗？

翌年的春种

翌年春种的尴尬，是赶上了全球性的"新冠肺炎"疫情。好在我们从城里去郊区的小院基本是开车，是在一个流动的且封闭的车里。这样不仅比较安全，而且也遵守了城市的规定，国家的号召。是啊，谁会想到在你的生活当中，在一个城市当中，会发生这种千年不遇的事情呢？所谓的"未知世界"总有它的道理吧。尽管人类已经攻克了许许多多的难关，破解了一个又一个的谜，但是从大的方面来说，我们还是生活在未知的世界里。这一点在二○二○年感受尤为深刻。

在如此情势之下，小陶瓷夫妇自然是出不来了，而且，又赶上他们的儿媳妇生孩子。要当爷爷奶奶了，儿媳妇什么时候生，他们掐着手指头盼着呢，这可是一个家族的大事情啊。总之，今年他们是不能过来帮助我们种菜了。好在他们夫妇事先就把猪粪运到小院来了。在如此烦恼的人生中，也不曾忘记给我们送粪的事，真是让人感动。内人说，说不准哪，小陶瓷夫妇心里还想着不能过来给咱们种地，内心有一点愧疚呢。

的确，有时候我们想事情，想问题，评判一个人的个性与品质，常常会忽略一些细节，其中包括一个不经意的动作，一个眼神，一句看似无心的话，等等，这些鲜活、生动且真实的细节，至少在我看来要比那些所谓的大事情、大事件、大行动、大场面上的表达，更能品味一个人内心的质地。

猪粪已堆放在小院的地里了，并用一堆一堆的土封盖着。开始并闻不出臭味来，当把这些粪铺散在地里的时候，哇，那种臭味可真浓啊。我倒一点不反感，我觉得猪粪所散发的臭味给了我一种亲切感，温馨感，甚至还因此生发出一点希望和期盼。有道是"庄稼一枝花，全靠粪当家"呀（还有一句农谚：种地不上粪，纯属瞎胡混）。那么，究竟是什么样的机制，什么样的原理，使得这臭臭的粪转化成一种营养，让植物生长得那样茂盛，让蔬菜的味道那样地清香呢？这难道不是一个世界之谜吗？

虽然在我看来粪香是那样地怡人，但旁边的邻居却感到臭味难忍，邻居老于头捂着鼻子站在我家小菜园的外面说，你这个小院的菜地不大，可是你这粪太多了，三分之一都用不了。粪多了会把庄稼烧死的。

　　说得是啊，小陶瓷夫妇可真实在，这送的也太多了呀。保不齐就像邻居老于头说的那样，会把地里的庄稼烧死的呀。关于这方面的经验，先前似乎、仿佛、朦胧地听说过。人家既然这么说了，那就赶快采取措施吧。于是，内人出面，"号召"周边有菜园的邻居过来挑粪。让我感到意外的是，邻居们对此非常热心，纷纷拿着竹筐、编织袋子和大盆过来挑粪。这对他们无论如何是一件意外的惊喜，他们到哪儿找这么好的猪粪哪。

　　那是一个欢乐的挑粪场面。看到这种热气腾腾的场面，你就能够想象到农民对粪的那种特殊的感情。

　　"田家几日闲，耕种从此起"。我和内人开始亲自动手种菜了。这也挺好的。古人认为，"人欲劳于形，百病不能成"。诗人陆游说，"形要小劳之"（总之，人不能贪图安逸，或者劳累过度，这样容易引起"劳伤"，又称"五老所伤"，即久视伤血、久卧伤气、久坐上肉、久立伤骨、久行伤筋）。只是，我们毕竟是种菜的门外汉，干起活儿来笨拙又不得要领。邻居那对年轻夫妇看到了，就主动过来帮忙。据说，邻家的小媳妇儿是小伙子从伊春娶过来的，身体好。小伙子跟我说他也不太会种地，不过肯定比我们强多了。

　　这一对小夫妻帮助我们往地里撒粪，翻地，备垄。在我们看着累得不得了的活儿，他们干起来竟是那样地轻松，像玩儿一样。小媳妇说，叔叔婶子，这不算什么大活儿，你们就别客气了。小伙子说，叔，婶儿，再说我们比你们年轻。你们岁数大，干不了这么重的体力活儿。

老王太太

邻居老王头先前的那个瘫痪在床的老伴儿，春节的时候走了。老王头尽心尽力地伺候了她十年，那该是怎样的一片心，一份儿辛苦。老王头如今已经八十多岁了。需要有个伴儿照顾他的生活。老王头现在找的这个老伴儿，年龄也不小了，快七十岁了，但比起八十岁的老王还是显得年轻了很多。不难看出老王太太也是个农村人，经常叼个烟卷儿，特别喜欢串门儿。她经过我家小院的时候，看到那对年轻夫妇帮着我们整地，也过来帮忙。其实也没什么大活儿。她一边干活儿一边跟我内人抱怨说，本来想买件新衣服和鞋，可是这疫情整的出不去门儿呀。说着，抬起脚让我内人看，你看这鞋都成什么样了？"棺材没有底儿，丢死人了。"老王太太见面熟，跟我说，大兄弟有烟吗？你瞅你也不知道招待客人。我忙说，嗨，瞧我这个人，忘了给您拿烟了，我不知道您抽烟。说着赶忙回到屋里拿出一盒烟送给她。内人见状，回屋里拿来她的鞋和衣服送给她，还偷偷给了她五十块钱。老王太太很高兴，她完全没有想到会是这样一个结果，倒也没客气，爽快地收下了。

翻完了地，就等第二天备垄了。晚上我们回到城里的寓所后，邻居的小媳妇发来了微信，跟内人说，婶儿，晚上凉快，我就把你家地备了垄，跟王大娘（老王太太）一块儿干的。

唉，人情不仅是一种友谊，也是一种力量啊。城里人在乡下人眼里，对农活就是一个彻底的、可笑又可爱的白痴和外行。那么，城里人究竟是不是这种样子？大约一定是的罢。

长生草之韭菜

这个约百平方米的小院是这样设计的，院子中间有一个碎石甬道，并且在碎石甬道上搭了一个木长廊。碎石甬道西面是一个大的菜园，东面大部分的空地铺上了瓷砖，供家人和朋友喝茶、烧烤，"在难得的闲暇里，约上三两好友，生炉加炭，候汤分茶，将城市的喧嚣暂时忘却。过滤掉生活中的嘈杂之事"。先前的租户曾经在东面的那一小块儿菜地种了几垄韭菜，只是荒于管理，呈野生散乱之状。但是，韭菜这个品种很好的，年年割，年年长，随时割，随时长。中医称它是"长生草"，亦称"草钟乳""起阳草""扁菜"和"洗肠草"。古代《山家清供》的作者林洪说："韭菜嫩者，用姜丝、酱油、滴醋拌食，能利小水，治淋闭。"

这让我想起了杜甫先生的那首诗，"人生不相见……焉知二十载，重上君子堂 / 昔别君未婚，儿女忽成行 / 怡然敬父执，问我来何方 / 问答乃未已，驱儿罗酒浆 / 夜雨剪春韭，新炊间黄粱……"是说雨夜客来，春韭长势正好，主人便冒着雨到院子里剪些韭菜招待客人。读这首诗的时候还是我的少年时代，就一直很向往"夜雨剪春韭，新炊间黄粱"那种令人沉醉的生活。是啊，古人作诗是很讲究的，一个剪刀的"剪"字，用得非常准确。为什么"剪"呢？因为韭菜剪掉一茬还会长出新的一茬来。这与其他大部分菜蔬不可同日而语。不过林洪却说："杜诗，夜雨剪春韭。世人多误为剪于畦，不知剪字极有理……"

看来林洪也是一个讲究人哪。

一夕，在小院里和朋友在一起喝酒，吃韭菜炒鸡蛋的时候，朋友听了我的这番感慨，说，这韭菜可真懂事儿啊，是个有情有义的韭菜呀。若是鸡鸭鱼肉也能种的话，边吃，边割，边长，该多好啊。我大笑起来说，酒言如诗啊。

不过话又说回来了，养生其实还包含着人的品德修养。古代的一位姓孟的医生就说过："若能保身养情者，常须善言莫离口。"孙思邈也说："心诚意正思虑除，顺理修身去烦恼。"呜呼，君不见常有那种平日里不断地烧香念佛，但是坏事照做的人。真是不可理喻呀。

患难芽苗菜

　　我居海南时，因疫情之故，封闭在家里，内人待着百无聊赖时，突发奇想，要在家里种一些芽苗菜，且说干就干，不仅从网上买来了各样菜籽，还买了托盘及托盘架，种了绿豆、黄豆、豌豆、香椿、水萝卜、小白菜、松柳，等等，家里的那个小平台俨然成了她的植物实验室了。又劳天天观察，天天浇水，且天天写日记，她写道："无意中在手机看到一个教授家庭水栽种植芽苗菜的视频，操作非常简单，只需水、阳光、空气和适宜的温度。网上说，芽苗菜的好处多啊，芽苗菜的营养是普通蔬菜的十倍以上，它们中含有丰富的抗坏血酸和胡萝卜素，对心脏病和高血压有好处，富含的矿物质元素和活性蛋白能够抑制体内的癌细胞生成，降低血脂，还能帮助我们抗疲劳、抗衰老，保持体内酸碱平衡。比如黄豆芽发出新芽后，所含有的胡萝卜素是原来的两倍，核黄素增加到以前的三倍，维生素 B_{12} 的含量比之前多了十倍。另外，某些种子是没有维生素C的，但种子长成芽苗菜之后会产生大量的维生素C。前些日子看到政府也号召居民在家里种植些蔬菜，尤其提到了芽苗菜，既环保又有营养。响应政府号召，立刻行动，在网上购买了芽苗菜种子、纸、托盘还有推车，特别推崇这个推车，底下有轮子，可以根据需要推到太阳底下，推到阴凉背风处，推到任何需要的地方。第一批到的是豌豆、小金豆、小水萝卜、绿豆，一共四样，我按照视频教的，把种子清洗干净，简单挑选了一下，保证种子质量。种子要按照说明书分别泡几个至十几个小时，当种子吸足水分，变得饱满，可以看到一点点的芽孢时就拿出来，把种植盘子的网格部分铺上纸张，种子均匀地撒在纸上，再盖上一层纸，用水喷湿，盘子底部放一些水（不要放多，放多了浸泡种子，容易烂），把它们放到阴凉透风的地方，每天喷几次水，早晚换一下底盘里的水，随时挑一下坏的种子，防止腐烂捣蛋。这个时候比较辛苦，白天还好，半夜也要起来喷水，保持种子潮湿。几天后，你就会惊喜地看到，这些小东东开始出芽了，这时就把上面覆盖的纸拿掉，任芽体向上成长吧。当它们长到1—2 cm，就要放到阳光下，这是叶绿素合成的关键。最先出芽的是豌豆，这是个能吃水的大家伙，饱满的种子孕育出的芽生机勃勃，先长出来一对可爱的椭圆形的叶子，然后，再出来的竟然是像针一样细细的叶子，任意伸展，婀娜多姿，真想不到这粗壮的豆子却有着楚楚动人的细腻。小金豆的体积比豌豆小，但是鬼小志大，毫不含糊，你看，它有力的根茎竟然顶起一个虎头虎脑的'绿豆豆'，绿豆豆是两个椭圆形状的绿叶合掌而成，形似豆状。小金豆就那么顶着'绿豆豆'生长，有模有样，仿佛在宣称，我才是真正的'豆家族'血脉。绿豆，不像发绿豆芽那么娇贵，它仿佛就是为芽苗菜准备的，娇小玲珑的身体有力度，芽苗的叶子像极了柳树叶，团团簇簇，挤挤攘攘的，茂盛着呢。小水萝卜种子小，自带特有的'体'香，水灵灵的径，叶子也是一对椭圆形的，张开的小嘴笑意盈盈。小水萝卜生命力顽强，长起来毫不逊色，像是在和豆子大哥们赛跑。种芽苗菜的日子生活多了项目，也多了乐趣，每天要喷水，要换水，要通风，要阳光，小车在房间里推来推去，芽苗就在流动中悄悄长大。大约十天到半个月，芽苗菜就可以吃了，芽苗菜食用方法颇多：生食、凉拌、炒食、做汤、做馅、盐渍、做罐头等等。自己种的芽苗菜成本低，见效快，没有污染，没有农药，没有催化剂，吃着放心、开心、舒心。"

看着培育的芽苗菜噌噌地长，那种感受是挺特别的。是啊，人的幸福感的确是多姿多彩，多种多样，"纯度"也各自不同。

不过，要说这些芽苗菜怎样好吃，实话实说，它们是无法跟菜园里种的蔬菜相媲美的。斗室里的天地无论怎样地大，比之大自然之旷野，不过是万万牛之一毛也。

盘中椿芽嫩如丝

　　说起来，芽苗菜中我最喜欢的莫过于香椿。专业的书上介绍，香椿（学名：Toona sinensis）又名香椿芽、香桩头、大红椿树、椿天。我是一个喜欢吃面条的男人，大凡从二十世纪四五十年代过来的人都喜欢吃面条，这大约是不争的事实吧。二十世纪六七十年代时白面是细粮，面条，乃细粮中的精品之一也，只有在改善生活的星期天或节假日，饿狼似的一干儿女们才可以吃到。因此它显得神圣、庄重、珍贵，在寻常百姓的心里，它是仅次于鸡鸭鱼肉的至上美味。于是乎，做面条也就生发出了许多的创造与发明，其中我之最爱，就是香椿拌面。无论是在面条里加一点酱油、甜面酱还是鸡蛋酱，若再能加上一点香椿，那就太棒了。尤在凉面中加上香椿末儿，就更加妙不可言。自古以来，香椿不仅备受老百姓的喜爱，而且香椿树常常被视为长寿的象征。如庄子《逍遥游》中说，"上古有大椿者，以八千岁为春，八千岁为秋，此大年也"。意思是说，古代的时候，香椿树是以人间八千年当作自己的一年。于是后人便用"椿"字形容福寿绵延，以"千椿"（千岁）、"椿寿"作为对长辈的祝寿。亦将耄耋之年的父亲称为"椿庭"，将母亲形容为"萱草"，如"椿萱并茂"等等。不过，食用香椿也要适当、适量。唐代孟诜所撰的《食疗本草》说，"椿芽多食动风，熏十二经脉、五脏六腑，令人神昏血气微"。因为香椿本身含有一定量的硝酸盐和亚硝酸盐（知之为知之，不知为不知。这个我就不懂了）。吃香椿以谷雨前鲜嫩的香椿为最佳，只是下厨时应在沸水中焯上一分钟，减少其中的亚硝酸盐成分。

由于香椿卓尔不群的品质，自然就比其他的芽苗菜难伺候一些（如同某些电影戏剧的明星）。故而，香椿芽菜多是由我一个人悉心培植。有道是，"雨后椿芽如木质"。尽管我天天给它"人工降雨"，也依然是嫩嫩的茎，嫩嫩的芽。是啊，芽苗菜怎么能如木质呢？

香椿刚长到一公分高的时候，正赶上我们从海南开车往东北返。我不嫌麻烦，一定要把这一盘香椿芽苗菜带回黑龙江老家。

带上香椿芽一块儿返乡，在车上要不断地给它喷水，下榻酒店时，再把它端到酒店里换水、喷水。内人觉得我这种做法有点荒唐，亦不可理喻。然而在我看来，幸福感如同百花园里斗艳争奇的鲜花，每一朵鲜花的愉快都是美丽的，纯洁的，高尚的。就这样，一行五千里回到了黑龙江。决定把它移植到小院里，种在韭菜地的边儿上。看看它能不能从斗室里的芽苗菜转换成菜园子里木质的香椿树。尽管种下的时候心里一点儿底也没有，不过倒也豁达，心里想，能长则长，不能长则罢。我又不是造物者，我不过是造物者手中亿万万个作品当中的一个微不足道的小作品而已。凡事哟，都得学会原谅自己的幼稚才好。

黄昏时分去晚市，恰好赶上当地的农民开着拖拉机过来卖菜苗，于是买了些茄子苗、辣椒苗、西红柿苗。果然如邻居所说，这些事不用着急，到时候就有人过来卖菜苗了。

雷厉风行，菜苗买回来就种。然而究竟应该怎样种呢？说心里话，心里是没有底的，只能是凭自己想当然。恍惚记得，种之后只要浇水大约就可以了。我是这样想的，也是这样做的。种上菜苗之后开始浇水，一边浇水一边哑然失笑，觉得自己俨然一个赌徒。邻居老王太太过来看到我如此操作，一边要推门往里进，一边说，哎呀，我的傻弟弟哟，不能这样种，挖的坑这么浅不行。得了，我帮你弄吧。我立刻阻止了她，笑着说，老妹儿，不用。我种有我的乐趣，你不能把我的乐趣给夺走哇。这时内人也出来谢绝了她的好意，并借口说她没戴口罩，把她拦住了。老王太太听了之后便悻悻地走了，她一定是觉得城里人真是怪。可她哪里知道城里人一天甚似一天地讲究精神生活呢？而农村人讲究的是种瓜得瓜，种豆得豆。一时一心，虽说不是相得益彰，倒也可以聊为并驾齐驱罢。

路边卖菜的年轻夫妇

开车返回城里寓所的途中，看到路边有一对年轻夫妻在卖豆角苗，立马下车打听。且知品种非常好，是黄金钩和紫花油豆。我早就听说紫花油豆是非常好的品种，每年的出口量很大。黄金钩也非常好，菜市场上的卖价是很高的。内人是一个"豆角控"，吃不上豆角就觉得有小委屈和小失落。如此说来，人的委屈与失落没有什么雅俗之分。

只是，年轻夫妻卖的豆角苗比别人贵，人家一棵豆角苗五毛他们卖八毛。问，爷们儿，为啥卖这么贵呀？那个男人说，起根儿是不打算卖的，在大棚里都育好苗准备自家种的，没想到，我们那块地被一家工厂征收了，没办法才把这些菜苗拿出来卖。先生，你看我们的豆角苗长得多好，自己卖都觉得心疼，都是好种子啊。哦，原来这样，如此说来算是我们走运喽。于是买了三十棵。返回的路上内人说，不行，咱们还得回去，问问他怎么种。于是又调头回去。

这两口子非常地热心，告诉我们回去挖一个小坑，然后再灌上水，等着水完全渗进地里去以后，再把菜苗埋上就行了。

第二天回到小院便如法炮制（没想到日后的效果惊人地好，长得也非常地壮）。种过之后，突然想到小菜园还没有黄瓜苗呀，于是开车返回去，问路边卖菜苗的夫妻俩，有没有黄瓜苗？回说，有，你看，在车上呢。于是又买一些水黄瓜和旱黄瓜苗（有道是"水旱黄瓜两个味儿，鬼子洋枪两个劲儿"。虽说同宗同祖，但口感是不一样的），顺便还买了些辣椒苗和西红柿苗。

这是一个幸福感满满的夜。

翌日大清早就去小院，按照这对年轻夫妇教授的方法种了起来。

不过后来发现，除了他们夫妻卖的豆角苗之外，其他品质就差多了。开车回城里路过他们卖菜苗的地方停下车来问，你家的地不是被征用了吗？怎么又多出了这么多菜苗呢？那个小媳妇说，这些菜苗是我二大爷家的菜苗，他家的菜苗就一般了。噢，原来是这样。我宽厚地笑了，觉得这是一个诚实的乡下媳妇。在跟我们聊天儿的当口，过来一辆吉普车停在菜苗车旁，此君居然把所有的菜苗全部包圆儿了。连这对年轻夫妇也没有想到是这样的一个结果。我想的倒是他们那个二大爷，利用这对年轻夫妇菜苗卖得好，托付他们卖自己的菜苗。这让我联想到，有的商家开始卖的商品是很好的，当他们发现买的人多了，就开始抽条了。这叫什么？叫自毁家门。

喜欢种花的女人

　　内人像许多女人一样喜欢种花。过去养花，发愁家里的地方小，这下好了，有了这么大的一个院子可以种好多好多的花。还是那句话，她是这样想的，也是这样做的。对此，我不持立场。说来也是，有的花不能种在普通的土地里，它们比较娇贵，必须养在花盆里。正所谓天性使然。就像当兵，农村兵比城里的兵要扛造得多。即便是在战争年代，农村兵也比城市兵活的机会大。刮狂风，下大雨了，内人就把这些盆养的花端到屋子里保护起来。内人如此热心于花草的种植，让我想到曾在安徽一家民宿小住的时候，看到那里种的紫藤开的花非常好看，一穗一穗地往下垂着，让人心旷神怡。我立刻想到了岑参的"竹径厚苍苔，松门盘紫藤"那句古诗（谁能想到区区一句古诗也会成为促销的广告词呢）。于是，便从网上买了两棵紫藤，在小院的门口一边种上一株。并严格按照说明书的要求，先在树坑里倒上拌了生根粉的水，待到生根粉的水渗下去以后，再把紫藤树苗埋上。至于它们能不能活，只有天知道了。正所谓"谋事在人，成事在天"。"人定胜天"只不过是一种伟大的梦想。

小院里的烧烤

　　既然小菜园有烧烤的地儿，那，这个地儿就是一种无声的召唤，无言的引诱。岂可忘记设计小院时的初心？国家不忘初心，共产党人不忘初心，夫妻不忘初心，学生和朋友们也应当不忘初心。于是，我们开始策划组织一次家人的烧烤聚会。

　　有人说，烧烤是蒙古人的风俗。但是，在大约六十万年以前，北京周口店的猿人就开始用火来烤肉吃了。而且，伏羲就被尊称为"疱牺"（他是第一个用火来烧兽肉吃的人）。但不知从何时起，大都市里的年轻人也开始喜欢烧烤了。且趋势者俨然流水，无人可以阻挡。

　　自然，准备此番的活动并非易事，需事先做好准备，比如羊肉串、鸡肉串和相应的烧烤的食材。我们开始逐一采购。除了食材还有烧烤用的作料，如烧烤酱、孜然等等。一应俱全之后，内人先把儿子和儿媳妇叫过来试吃一次（记得我的一个诗人朋友在请我们几个所谓的作家吃饭之前，就和他的夫人先到一家大酒店试吃了一次）。这叫什么呢？这叫不打无准备之仗。

内人的儿子儿媳妇过来了，先里里外外地参观了一圈，儿媳妇说，这地方，我喜欢。儿媳妇说得没错。的确，小院不仅仅设计得不错，环境也好，再加上近乎于现代化的厨房，可以说非常舒心。他们喜欢，我们也喜欢。但是我们二位老人对烧烤并不在行。这样说似乎也不准确，过去，我每年都和我的那些老伙伴自驾出行一次，选择在非旅游区、山区或者是草原上野营，野餐，这种野营体验中就包括烧烤。只是我们几个老哥们儿的那种烧烤太原始了，不是城里的这种甜甜的，美美的，雅致的烧烤。他们年轻人对此倒是驾轻就熟。烧烤的过程让他们非常开心，这不正是我们大家想要的生活吗？试想，普天下的父母不就是想要这样的一种让他们舒心，让他们宽慰，让他们感到幸福的效果吗？

炭火将灭，烟雾散尽，席终人散也。

现在的年轻人多幸福啊，真是让人羡慕不已。于此之下，总会不由得想到自己的年轻时代，唉，那是怎样的一个年轻时代呢？除非是少数民族，汉人想烧烤也不过是想想而已。然而不然，用年轻人的话说，这难道是我们年轻人的错吗？没有错，是老年父母想得多了吧。总而言之，人，不要活得太机警，太琐碎，太苛刻，还是一切顺其自然的好。换句话说，就是把好事做好，才好。

吾心安处
是故乡

苍天不负有心人，栽种在小院里的香椿苗居然活了，且长势很好，已开始略见木质矣。那一株株，一片片嫩绿透明的叶子也撩人愉悦，这是预示它在新的环境里开始新的生活了。是啊，人和植物毕竟不同，所谓的"吾心安处是故乡"仅仅是对个别人而言，大多数人是做不到的。但是香椿苗做到了。如此看来，人们常说的那句"人挪活，树挪死"并非完全正确，这要看它究竟是什么样的树。所以说，所有的绝对都是相对的。君不见，洋洋大国的大都市里，到处都是移植林木果树的情景吗?

想到香椿芽苗菜如此地可爱，又从网上购了两棵香椿树，一棵花椒树（我这个人做菜喜欢用花椒油，觉得用了花椒油的菜才够味儿）。但是，种花椒树并没有经验可循，于是上网查看。网云，花椒树也适合在北方生长。但是，"东北"和"北方"的概念并不一样，而且，东北的辽宁、吉林两省与黑龙江的概念也不同。在寒冷的冬天，黑龙江和东北另外两个省的温度相差也有十度以上。在北方可以成活的花椒树，在寒冷的黑龙江未必能够存活下来，但也不妨一试。这也给我提了一个醒儿，在网上买东西不要光听那些似是而非的介绍就下手，要仔细地研究一下。毛泽东同志曾经说过，世界上怕就怕"认真"二字。这是至理名言。

天上掉下来的『鱼』

　　天开始下雨了，伴随着一颗颗大大的雨珠，万万没想到的是，啪的一声，从空中掉下来一条小蛇一样的东西，内人吓了一跳。我仔细地看了看之后，觉得它既像小蛇又像鱼，仰头朝着漫漫雨帘的天空看了看，并没发现有什么异样与特别。再低头看到那条掉下来的"鱼"，躺在地上一动不动，似乎是摔昏了。这让我联想到那些神话传说，虽然我明明知道那不过是神话而已，但是在思维上，判断上，竟也难逃神话传说对人类的影响呵。或是在这样的影响驱使下，我用筷子小心翼翼地把它夹起来放到草丛里。心里说，天可怜见的，如果你是神，就争取走一条活路吧。

　　说起来，其实天上掉鱼、掉金币、掉牛肉、掉高尔夫球的奇怪事情都曾在世界的许多地方发生过。譬如，在中美洲国家洪都拉斯首都特古西加尔巴，每年都有大量的鱼在大雨中从天而降。据当地人介绍，每年五月或六月，一场大风暴穿过村庄时就会从天而降数千尾的鱼，人们便冒着大雨去捡鱼，甚至能捡到几十公斤的大鱼。据说，天空下"动物雨"的记录中，还包括鱼、青蛙、蠕虫、蛇甚至水母、鲨鱼和鳄鱼等骇人的报道。这种事科学家是从来不会缺席的，他们解释说，这种自然现象是由龙卷风卷走海水和鱼抛向高空云层而后降落，从而造成的这种奇怪的自然现象。

《聊斋志异》渔洋山人《题辞》云："姑妄言之，姑妄听之"罢。

心仪之芹

再一次路过公路边卖菜苗的夫妻俩时停下车，询问有没有芹菜苗，特别是西芹苗。

我每天的早餐都会吃西芹、木耳、洋葱，且把这三样东西当作日常早餐的小菜。明代李时珍说，"芹有水芹、旱芹，水芹生江湖陂泽之涯；旱芹生平地，有赤、白二种。二月生苗，其叶对节而生，似芎䓖。其茎有节棱而中空，其气芬芳。五月开细白花，如蛇床花。楚人采济饥，其利不小。"在江南水沟、湖岸，水芹都能存活，常能在春天看到水芹开出细碎的白花。芹菜分香芹和西芹两种。香芹（学名：Petroselinum crispum neapolitanum）是伞形科欧芹属的植物，也叫意大利欧芹、平叶欧芹，要比芹菜的植株小，叶柄细长，叶子更小，味道也更为淡雅。它原产地中海地区，后传入欧亚各地，尤其在中欧、东欧、中东烹饪中常用，许多菜品都用碎香芹调味。香芹是十九世纪才传入中国的蔬菜。

不过，还有另外一个说法，说是中国春秋时候的《诗经》里已经出现"觱沸槛泉，言采其芹""思乐泮水，薄采其芹"的诗歌，这里的"芹"可能只是泛指本芹等能散发味道、能吃的一类水草。古人对植物的味道敏感，类似芹菜这样能散发出芬芳味道的植物极受重视，常用在祭祀中取悦神灵，如《周礼·天官·醢人》："加豆之实，芹菹兔醢。"可能《吕氏春秋》中的"菜之美者，有云梦之芹"算是比较确定指的是芹菜，湖北的水芹因为味道芳香，可能魏晋时候就被作为地方特产进献给各地权贵，生产水芹的地方还被叫做"蕲州"——就是出产芹菜的地方的意思。这样看来，说芹是西方传入中国的外来物种就靠不住了。不过西芹倒是从西方传过来的，故而称之为西芹。

据说，苏东坡称"蜀人贵芹芽脍，杂鸠肉为之"，他被贬官到湖北黄州——这里因为盛产水芹所以古称蕲州——以后常吃当地的芹菜，数次在诗歌中描述歌咏，如"鲜鲫银丝脍，香芹碧涧羹""雪芹何时动，春鸠行可烩"等。《山家清供》的作者是南宋的美食家林洪，他说："芹，楚葵也，又名水英。有两种，荻芹取根，赤芹取叶与茎俱食。杜甫亦有'青芥碧涧羹'之句。"

而且，古人宴客写请帖也经常引用"芹菜"，话说得非常客气，其中有一句婉转的话，"笑纳芹意"。引申的意思是：我对芹菜情有独钟，不知道您喜不喜欢芹菜？请您来和我一块儿品尝可以吗？

木耳则能清理血管，故被称为血管的"清道夫"。洋葱对保护心脏有好处。多年前，我曾经看过国外的一篇医学方面的专业文章，介绍说，一个人每天喝一小杯生洋葱汁，心脏病的发生率可降低百分之五十。我猜想，倘若把这三种有益于健康的蔬菜合在一起当作清晨的小烩菜，效果一定会很好的罢。

卖菜苗的那对年轻夫妻跟我说，芹菜苗还得过几天上，现在还早，天气有点凉。

看来天意不可违呀。

山东大馒头

　　年初，我的一对年轻文友夫妇从山东潍坊给我寄来了山东特产——大馒头和花馒头。他们夫妻每年都给我寄。这已然成了我们夫妻的期待，不仅如此，也成了我那些祖籍山东朋友的期待了。每到年底的时候，他们就会有意或无意地问，山东方面有消息吗？我问，什么消息？他们说，别跟我装傻，大馒头啊。我们还盼着呢。

　　看来这舌尖上的乡情在一个人的灵魂里久久弥漫兮终生不散啊。

　　山东大馒头和城市里卖的馒头品质并不同。山东人讲究的大馒头是几斤重，并不论馒头的个头，个头大小不能说明馒头实不实惠。说到实惠，山东大馒头是最有说服力的。我接触到的山东大馒头，便是中号的，也有篮球那么大，其中有三斤的，五斤的。像如此个头的大馒头，在城里卖顶多一二斤重。介绍说，做山东大馒头是有好多讲究的，从发面到揉，到上锅蒸，有一套严格的工艺流程，丝毫不马虎。如此说来，山东人不单是追求大馒头的质量，更凸显山东人的品质、操守和荣誉感。我是山东人的后代，是山东的饮食养育我成长起来的，像山东大馒头一样，山东饮食已经进入我的骨髓里了。它是一剂精神上的良药，是抚慰灵魂的亲情，是看似渺小其实是崇高的期待。每当山东朋友说给我寄山东大馒头的时候，我从来不假惺惺地推辞一番，直接表达自己的期待和高兴。山东的朋友听说我之所好，不嫌麻烦，不辞劳苦，每年坚持给我寄。

记得二十世纪五六十年代，我的前辈们都还健康地活着呢，每年都会从山东老家给远在东北谋生闯荡的山东亲人们寄山东大馒头、面鱼儿过来。遗憾的是，现如今，我家山东那边没有亲戚了，便是零星的有，也渐行渐远了。

通常，山东大馒头都是蒸着吃。蒸好了以后，稍微晾一晾，手托着大馒头一层一层地往下撕着吃，有一股淡淡的麦香味儿。还可以煎着吃、烤着吃，都非常好。我还发明了一种吃法，将馒头切成小丁，加上胡萝卜丁和豌豆、土豆丁在一块炒。这种做法也很好，朋友们不妨试一试。

今年朋友寄来的大馒头一直冻在冰箱里，此番决定带到小院去。在小院解冻后，切成片儿，无论蒸着吃还是煎着吃，抑或烤着吃，都是绝好的享受。更重要的，一定要坐在小院里，坐在豆角、黄瓜、辣椒的菜地旁边吃，那种感觉非常奇妙，仿佛你又回到了山东，在老家的小院里呢。这种体验虽然虚幻，但它在灵魂之中却是那样地真实。

种植樱桃树

"料峭东风破客衣，春寒不比腊前时。绝怜墙角樱桃树，全似梅花雪后枝。"（宋·高翥）隔着栅栏，看到隔壁院子赵大姐家种了两棵樱桃树，春天时花开得那样好看，不禁让我怦然心动。樱桃树上的每一朵花都是一个樱桃啊。曾几何时，粉色的樱桃花谢了，便开始结樱桃了。每到樱桃成熟时节，别院里的孩子便纷纷跑过来，隔着栅栏摘樱桃吃。即便如此，树上满满的樱桃还是吃不完的。于是才忽然想到在自家的院子里种两棵樱桃树吧。

年轻时，我家院子里也有一棵樱桃树。到了樱桃成熟的季节，像红玛瑙一样的樱桃缀满了整棵樱桃树。城里人吃樱桃和乡下人吃樱桃不太一样。城里人吃樱桃时事先卷一个纸卷儿，将摘下来的樱桃放到纸卷里，装满了之后，再一粒一粒地慢慢吃。那种乐趣想起来就觉得甜，是一个小小的诱惑。正是这双重的诱惑让我去网上买樱桃树苗。

　　这互联网可谓包罗万象，只要你能够想到的，网上都有。内人主动替我选了两株五年的樱桃树苗。网上介绍说，种在院子里当年就能吃到樱桃了。将信将疑吧。我告诫内人说，樱桃树苗大多是南方的，你可别选错了，万一树苗过不了冬，那就白弄了。内人说，哟，咱不就是一个玩吗？我想也对，如是降到这个底线，夫复何求?

跳跃的气温

　　这两天哈尔滨的天气有些反常，温度忽高忽低，这种弹跳式的气温并不利于小菜园里的蔬菜成长。而且这样的天气人又容易感冒。要知道，在疫情防控期间所有的人都不敢感冒，一旦感冒了，发热发烧，十有八九人就会被隔离。如果你想侥幸逃过这一关，自己到药店买退烧药，也不是个好的办法。因为无论你买任何药品都需要实名登记，这样，医院和社区很快就会追踪到你。所谓"疫网恢恢，疏而不漏"。想想也挺有趣的，颇似地下工作。总之，还是注意点儿好，做好防寒工作，千万别感冒了。

　　先前，内人跟我说过，小院的屋子冬暖夏凉。我还有点将信将疑，这次体验到了，外面的温度虽然很高，但屋子里却颇为阴凉。我估计，第一是很久没人居住的缘故。第二毕竟是平房，小院虽是绝对的农村式的小院，但是已经安装上了地热，所以，冬天屋子里特别暖和，仿佛一个偌大的火炕，颇似紫禁城里皇帝寝室里的地热（听说皇帝寝室里的地热砖，都是用桐油浸泡过的。咱是老百姓，咱的地热砖就是普通的青砖，绝不可能用桐油浸泡）。

之前，在小院里还存了一些香菜苗和紫苏苗。院子里菜地开阔，阳光充足，我们又种了点儿生菜、香菜和紫苏叶，并在网上买了一些有机肥料的土（其实是花土）用以种菜，我认为效果一定会好。种过之后浇水，今天的"功课"就算是完成了。然而不然，当一个人做完了某项工作之后，当他不知道结果如何的时候，那种心理不仅是单纯的期待，更多的是一些忐忑。

洒家毕竟是一个外行呵。

邻居小两口

　　邻居小张是一个三十多岁的年轻人，这个年轻人说话办事讲究分寸。他媳妇是一个贤惠的女人，人特别热心特别朴实，周围的邻居无论谁家有事她都过来帮忙。看到这个年轻媳妇整天乐乐呵呵的样子，让我想到早些年中国人朴素的生活之风，这种邻居互助的风气过去在城市里也是常见的，只是当下，大都市里这样的作风，这样的女人已经很少能见到了。

　　记得有一次我去超市买东西，正好有一个车位。旁边停放的那辆奔驰车，不知道是谁在他的车头前面停放了一辆自行车。奔驰车的车主是一对年轻夫妻，那位年轻的女士过来一看，就把那辆自行车搬到我正要停泊的车位上，然后两个人开车扬长而去。我笑呵呵地看着，心里想，这个男人娶了这样一个媳妇真是个悲剧呀，试想，和这样的女人在一起生活会有好日子过吗？会过上有品质的生活吗？那么，将来他们有了孩子，孩子又会是怎样的一种状态呢？是啊，我想多了，杞人忧天了。

内人是城市人，在她这个城市人的眼里，要想蔬菜长得好，重要的一条，就是浇水。如此说来，就是寻常百姓，也可以自创一套自家专属的理论了。说来也是，一般外行在院子里种菜首先就会想到浇水。她从网上买了一个专门浇菜用的水管子（还可以洗车，一举两得）。但是，这种水管并不像她预想的那么好。我猜想，一是它的价格太低，二是这种管子很硬，转弯、收纳都非常不方便，稍微不慎管子就会从水龙头上崩掉。还有，水管和水龙头的接头处怎么也拧不紧，总是不断地往外滋水。于是，又从网上买了个新接头（这是外行对故障的判断和解决方式），只是，网上买来的接头结构复杂，我怎么也弄不赢。虽然我是工人出身，但毕竟离开工人这一行的时间太久了，先前学会的那些技能、小妙招全都忘光光了。唉，难道自己真的变成了一个愚不可及的所谓知识分子了吗？没有办法，只好请邻居小张过来给看看。小张过来一看说，叔，你这个接头太小了。又说，我家有一个。于是，他很快从家里拿来了一个新接头，非常自信地帮我安上。果然，水不往外滋了。小张媳妇甜蜜地说，我家小张可聪明了，什么东西经他手一弄就好了。我们连连点头说，可不是吗，真厉害。小张说，这也叫厉害呀？这不算什么厉害呢，叔才厉害呢，叔是作家。我说，可别提作家，作家啥也不是。

恰好内人刚买了一些牛排，跟我说，我想给小张孩子送点牛排过去。好不好？我说，应当。内人送过去回来说，哎呀，小张媳妇可高兴了。她还说，本来昨天家里烧烤来着，想请你们过来一块儿吃，后来一想，不行不行，现在不让聚餐，也就没去招呼你们，等以后有机会的。内人跟小张，我儿子也想到我家小菜园来烧烤的，但是疫情防控期间在院子里烧烤恐怕不行，也就没来。小张笑呵呵地说，如果咱们在院子里烧烤，等于是现场直播了，外人看见再给咱们举报了，那可就麻烦了。你说是不是，婶儿？

正如小张所说，疫情防控期间，市面上所有的烧烤店都停了。不过，办法总比困难多。内人的儿子儿媳妇突然想到在车库里也可以烧烤。于是，两个人在车库里架起了烧烤炉，烤上了羊肉串儿。两个人一边烤一边吃，喝着啤酒，很高兴，还给我们发来了视频。我们老两口看着儿子儿媳妇吃得高兴的样子，也不免动了心。只是，两个老人坐在一起吃烧烤，是不是与当下市井风情不协调啊？怎么办呢？以后再说吧，毕竟老年人吃烧烤没有年轻人那样急切。

冬瓜事件

　　说起来，和年轻的邻居小张第一次认识挺有意思的。当时小院正在装修，我家的小院与小张家只隔一道篱笆墙。小张两口子在他们的院子里种了一些苦瓜和冬瓜，谁说植物识主？冬瓜居然长到我的院子里来了。我以为是先前租户种的，就顺手摘了下来。一日，小张过来说，叔，我家的冬瓜是不是给你家干活儿的工人摘了？小张之所以这样说，其实是给我留面子呢。小张又说，嗨，那个冬瓜其实我们是看着玩儿的，不吃。我说，嗨，这事儿闹的。不好意思，对不起啊。小张说，没事儿，没事儿，这算什么，要我是新来的邻居，这瓜结到你们那边儿去了，说不准也会当成自己家的摘了呢。然后，他立刻转移了话题说，叔，你家小院装修得真漂亮，咱们这一趟房数你家最款式。我说，一般化，一般化，主要是你们的院子都有几年了，我这是新装的嘛，就觉得好像比你们的好，其实都一样的。

这个冬瓜事件不但没有影响我们之间的情感，反而成了我们认识和交往的一个契机了。

开始，我不知道小张做什么工作，感觉他似乎做小生意。我这样判断，是觉得这个年轻人老成，接人待物方法很得体。职业＝历练。当过兵的，当过警察的，当过特工的，他们对待事物的看法和处理方式与普通人就完全不一样。比如看到我们在院子里翻地他就过来帮忙。他一边翻地一边告诉我们怎么浇水，种菜。我这个小院不是高档别墅区，在别墅群里住的都是有头有脸有身份的有钱人，而丁香小区住的都是一些普通的，没有完全摆脱农民身份的平头百姓。绝不是说风凉话，那种高档的别墅区不是平头百姓有没有资格住，而是没有本钱住那样的地方。也不是吃不着葡萄嫌葡萄酸，而是我本人并不喜欢住在那样的地方。记得某年政府给厅局级干部建了一个公务员小区，价格比较便宜，按照先前飘落在我身上的级别，我也有资格买了。我之所以没有买，是不愿意住在那样的小区，那样的小区里出来进去都是一些领导，一些官儿，官太太和他们的家属，我一个卖文为生的人在那样的环境里会感到不舒服的。想想看，在工作期间就一直躲不开和领导的接触。说心里话，和领导接触，双方都会感到不自在，不舒服。虽然都是人，但人和人不一样啊，他们是人上人之领导，我不过是一介平头百姓，彼此是不能够推心置腹交流的。试想一下，在那样的环境里，彼此见了面，他是你先前的老领导，老上级，而你是他原来的下属。虽然对方已经卸任了，退养了，退休了，那么，你是把他当领导呢，还是当大哥大姐呢？反过来，他们会把你视为平等的人吗？我们常说职业病，后遗症，这种状态就是一个活着的范例。

密码盲

　　说来可笑，人啊，总会遇到一些麻烦事。我的麻烦却是由于个人的愚蠢造成的。例如，我总是记不住银行卡的密码，手机银行的密码就更记不住了（居然实行的是两个密码）。我的这种状况并不能说明我是一个不爱钱的人，恰恰相反，我对钱是很重视的。说句掏心窝子的话，没有比穷人更知道钱的重要性了。为什么我的眼睛里常常充满了迷茫？因为我对钱爱得深沉。

　　但不可理喻的是，为什么我常常记不住这些密码呢？您不是爱钱吗？爱钱的人怎么会记不住自己银行卡的密码呢？由于经常性地记不住密码，不断地重复错误的操作，银行卡常常被锁死了，并提示说，要解锁，必须到银行的柜台去办理。我其中的一张银行卡曾被锁死半年多，之所以这么长时间没有去解锁，并非我不缺钱，而是疫情之故。人，被封闭在小区里，封闭在家里了，即便是冒险出来，那些超市、饭店、商店，包括银行都是容易被病毒感染的地方。那么，是命重要啊，还是钱重要呢？出乎哉？不出也。

没错，我像大多数人一样，不管有钱没钱，手中拥有好几张银行卡，尽管每张卡里的钱不多，但还是可以维持日常生活的。人或是一个懒惰的动物，既然能活着，就不用着急出去"找食"了。就这样，今天拖明天，明天拖后天，从四季长夏的海南，一直拖到雪花飘飘的东北，再从东北一直拖到哈尔滨，拖到紫丁香怒放的日子。最后，终是因为在网上购物频繁（因为不能去商店买东西），手中好使的银行卡的金额日渐减少，几近赤字了，万般无奈，只好去银行柜台办理被锁死的银行卡解锁事宜。

那家银行离我住的小院很近，开车五分钟，走路也不过是二十分钟。到了银行需先在门口等候，这与过去不同了，现在是出来一个后再进去一个。还要扫码，测体温，并仔细地询问你办什么事情，是不是有必要到银行营业厅来。好在那天人不多（也应当人不多，毕竟是疫情防控期间）。但没想到的是，在我看来极简单的事还要做许多较为复杂的配合。我手机银行卡是个旧版本，银行的那个小伙子搞了半天也没通过，最后建议我重新下载手机银行。我说，我是一个傻子，随你怎么弄都行，只要能使就行。小伙子笑了。然后是拍照，眨眼睛，咧咧嘴，晃头，签字。前前后后弄了有二十多分钟（时间够长的了）。我傻傻地问，麻烦你给我看看，这卡里还有多少钱？他告诉我的数目比我预想的还多一点点。挺不错（心情也好）。我希望他帮忙把钱转到我经常在网上购物的那个卡上。他说，那个你自己就可以操作了，如果不会，可以叫大堂里的工作人员帮你弄，我该帮你的都帮你了。我说，谢谢你。他冲我做了一个 OK 的手势。显然我是一个让他感到愉快的穷顾客。没错，在这个世界上穷人的欢乐总是比富人多。

没想到，大堂的那个女工作人员帮我弄了半天也没弄成。女工作人员说，大叔，回去让你女儿帮着你弄吧。我问，你怎么知道我是女儿而不是儿子呢？她笑着说，我猜的。

回到车上，我静下心来，点燃了一支烟，自己开始慢慢地弄。这真是吉人天相，天助愚人啊。终于把钱转到我经常消费的那张卡上了，且有短信提醒，一切都放心了。说实话，穷人啥也不怕，更不怕花钱，就怕丢钱。

这几天天气很好，哈尔滨不愧被称为"丁香之都"。城里那一条条锦龙似的紫丁香全都开了，无处不迸发袭人的香气，真是让人沉醉呀。往年的时候，只要是哈尔滨紫丁香盛开的季节，外地有活动，通常我是不会参加的，就想利用这几天好好地享受一下家乡的丁香味道。既然银行卡已经弄好了，就别着急了，将车开到紫丁香树下，坐在丁香树下，休息一会儿，享受享受这不花钱的大自然诗一般的馈赠。

牵挂

这些日子，小院成了我们夫妻的牵挂了。话虽如此，但是，像今天这样跑了两三趟倒是不常见。通常是上午十点多，我开车和内人一块去小院。今天去得比较早，有两件事要做，一是香椿树苗到了（这是从官方文件里学到的词儿，一是、二是、三是，听久了免不了用到这里），需要抓紧把它种上。二是，小院的茴香长得水灵灵的，非常喜人。内人说，今天中午包茴香馅水饺。

说来有点儿幼稚、可乐，用自产的茴香包饺子，居然让我们夫妻还有点小兴奋呢。

到了小院以后，内人开始和面。之所以早早地把面和了，是因为面需要饧，饧过的面包饺子才会好吃（有些朋友包饺子不大在意面，其实面也是很重要的，如果面饧不好，会影响饺子的口味，影响吃者的心情）。我和内人都是饺子控（估计是年轻时家里生活困难，很难吃顿饺子。久恋成瘾，对饺子始终有一种期待和一种难舍难分的情结），酸菜馅的，芹菜馅的，白菜馅的，包括野菜馅的饺子，像婆婆丁、曲麻菜、五加参，以及内人在家里种的那些芽苗菜，如豌豆芽、绿豆芽、小麦芽，等等，我们都喜欢吃。说到野菜，在我看来，最好吃的，是春天时用野菜包饺子，有一股沁人心脾的春的气息。清朝宫廷里吃菜，皇亲国戚也好，娘娘贵人，连同普通的丫鬟也罢，都是按时令吃菜的（他们从不吃反季的菜）。例如说韭菜下来吃韭菜，土豆下来吃土豆，芹菜下来吃芹菜。这显然是与大自然亲近的一种最佳方式。如此说来，吃东西并非仅仅是为了填饱肚子，还可以让你的身心感到愉快，增加你的活力、智力和创造力。

香椿树苗到了，可我们两口子并不懂怎样种，说明书上也并没有讲具体怎么做。便按照普通蔬菜的种植方法，先挖坑，再灌上水，待坑里的水完全渗到下面以后，再把树苗种在里面，填上土，压实，这就算完了。还是那句话，这香椿树将来会长成什么样，只有天知道了。这是不是一种赌徒的心理呢？认识上的潇洒常常是不可靠的，毕竟我们还是有一点担心。担心什么呢？担心香椿树能否挺过黑龙江的严寒。对此我完全没有信心。虽然说我尊重植物生长的自然规律，但我也希望它能成活。一是，香椿树长大以后可以把窗户遮挡一部分，免得外面路过的人像看现场直播一样，毫无隐私可言。二是，倘若香椿树长得太高，也方便外面的人随时随地的自由采摘。因为在街坊当中，种香椿树的仅我一家，可喜欢吃香椿芽儿的就不止我们一家了。再者说，邻居看着你的香椿树长得好，如果不摘的话就老了（我们两口子又经常不在家），邻居们不是要占你的便宜，而是帮你哩。然而不然，倘若都被邻居摘光了，其情何以堪？毕竟是自己辛辛苦苦种的呀。

　　矛盾，也是件有趣的事。

一个人的阅读史

在小院里读书的时候想到自己的"阅读史"。有道是,"莫遣韶光老,人生惟有读书好"。说起来,近些年来我已经很少看书了,先前并不是这种颓废的样子。记得改革开放刚刚开始的时候,好多书都解禁了,新华书店也开始卖一些外国和中国的名著。这在"文革"期间是不允许的。买这些刚刚被解禁的书需早早地去新华书店排队。一次次的排队让我购得了以下书籍:《红与黑》《悲惨世界》《复活》《两个世界的对话》《聊斋志异》《金瓶梅》《第22条军规》《洪堡的礼物》等等,还包括二十世纪七八十年代的外国中短篇小说选,如法国中短篇小说选、美国中短篇小说选、日本中短篇小说选,以及"五四"时期几乎所有知名文化人的散文集、小说集,等等。至于那些古典书籍这里就不说了。当时我国还没有进入互联网时代，阅读文本完全是纸质的。记得那时候我甚至天天都去南岗上坡那家报刊门市部转一圈儿，几乎是风雨无阻（我觉得年轻的我还是挺可爱的）。我在那里买了许多书刊，如《外国文艺》《人民文学》《当代》《十月》《环球》《海外文摘》《译林》，等等。这在当时也是热门的一些刊物。说到这儿，我想起一件趣事，在那些喜欢读文学书刊的人当中，而今有些人已经当上了领导，当他们的下属把下一年要订的报纸杂志明细报上来审批的时候，他们一定会在我上面提到的那些杂志后面画钩。

那时候，我每次买报刊回来，总是匆忙地，如饥似渴地看。不，这里也有一些尴尬的事。当时我已经成了家，有了孩子，经济不是太好，挣的钱有数，但又喜欢看书，看到了自己喜欢的书，因囊中羞涩不得不放弃时，心里是很难过的。我想，很多爱书人都有我这种经历。于是，聪明的出版商很快意识到了这点，他们不定期地出版一些《中华活页文选》。《中华活页文选》都是单篇的卖（大都是历代名篇），一两页而已，很便宜，二三分钱。真是天降的曼娜。当手头特别紧，又没有新书看的时候，就买这种便宜的活页文选。这些活页文选我一页一页地积攒起来，最后把它们装订成册，开车时经常带在身边，抽空就看。记得，一次被工厂卫生所的一位老医生看到了（我至今还记得他叫王图。是啊，很多人的名字我都记不住了，但是他的名字我却不曾忘记）。他看到了我这本活页文选，很喜欢，要借回去看看。说实话，真的是不愿意借给他。我的朋友何立伟先生说过这样的一句话，"车和老婆概不外借"。这里还应当包括书。过了些日子，老中医王图拿来了两条烟说，那本活页文选我非常喜欢，不想还给你了。送你两条烟，咱们交换一下吧。看他的那副坚定的、不容置疑的表情，我知道是不可能要回来了，只好收下那两条烟（后来发现这两条烟卷儿已经发霉了，看来老先生已经存放多年了）。

后来我调到了一家大型纺织厂的工会工作，从此告别了职业司机的生涯，在工会我负责宣传，文体，组织，甚至还离奇地负责过一段女工工作。当时，工厂新建了一个图书馆，我飞快地找到了工会主席，希望我能当这个图书馆的馆长。工会主席是个回民，苦岑岑的，无奈地端详着我说，我的傻小子呀，那算个什么官儿啊。我说，主席，我喜欢啊。主席叹了一口气说，好好好，这也不算是个什么官儿，也没啥级别，不用任命，你想当那就当。我说，谢谢主席大叔。

我的那一段当厂图书馆馆长的时光非常愉快。每天下班后，我都从图书馆抱一摞子书回家属楼看。我居住的那一栋楼只有我一个人住。我就天天晚上看，如饥似渴。不仅在读书上有了大方便，而且作为工厂图书馆的馆长，我还有权利去新华书店选书、购书。我和新华书店的那两个女管理员处得很好，有时候我们也会私下做一些图书方面的交换。她们把自己不喜欢的或者是看过的书给我，再以同等的价格换回她们喜欢的书。

即使从工厂回到市里的家中住，读书也很方便。我单独住一个房间（主要是我晚上看书需要开灯，影响别人睡觉，被"撵"了出来）。非常好啊。我将书放在床头旁边的那个椅子上，睡到凌晨四点多钟，固定地坐起来看书，看两个小时，然后继续睡，睡到六点半起来做饭。夜夜如是，乐此不疲。那时候我已经拥有三四个书架的书了，即便是在漆黑的夜里，我也能摸黑从书架上准确地找出我需要的那本书。呜呼，现在家里的书越来越多了，而且年岁也越来越大了，不要说是黑夜，就是亮瓦瓦的大白天也经常找不到我需要的书在哪里了。

南岗上坡的那家报刊门市部早已经黄了，变成了一家手机商店。每次从那里经过的时候，我都要深情地看上一眼。那种怀念、心酸、爱惜、甜蜜、回忆和批评糅杂在一起的情感，真是难以言表啊。

樱桃树与蚊子

在开车回城里的路上心里还想，可别刚一到家樱桃树就到了。不幸言中，刚到家手机响了，樱桃树到了。我们两个相视一笑，再回去呗。

黄昏时节，小院外面的集市又悄然地开始了，虽然说不让集会，但是，农民家里的那些农产品卖不出去怎么办呢？好在疫情有些放缓，改为低风险了，芸芸众生的防护措施做得也比较好，因此有节制地开放了农村的集市。

到了小院之后开始种樱桃树。人哪，有时候俗得有趣，如果靠篱笆墙的地方种呢，会方便过路人的采摘（即便是我路过也会顺手摘两颗尝尝，就不要说小孩子们了），如果太靠院里了，又有点儿小家子气。于是，就把它种在院子中央，心想，要吃就请到院子里来（这样的情景倒是我们所希望的）。

选好地点，挖好坑，灌上了水，按照种菜的方法把樱桃树种下去了。邻居老王头过来看说，你的菜地干了，该浇水了呀。于是又开始浇水。"久种春蔬旱不生，园中汲水乱瓶罂。"（宋·苏辙）看来大家小家，同出一理呀。

原本打算是回城里吃晚饭，只是天色晚了，就在小院吃吧。

煮了刀削面，做了黄瓜土豆卤，又去小院里拔了几根嫩葱（山东老家有云：大葱蘸大酱，越吃越白胖）。说实话，全无农药的大葱味道，与商家卖的大葱不可同日而语。小院里自家种的葱除了浓重的葱味儿，清香之中还有一丝甜啊。

天一黑，蚊子就上来了。城郊这个地方就是这样，树多，杂草多，自然蚊子就多。唐人吴融的《平望蚊子二十六韵》可谓对蚊子的描写最为形象，"天下有蚊子，候夜嘬人肤。平望有蚊子，白昼来相屠。不避风与雨，群飞出菰蒲。扰扰蔽天黑，雷然随触舻。利嘴入人肉，微形红且濡……人生有不便，天意当何如。谁能假羽翼，直上言红炉？"亲亲蚊子，真是让我们不堪其扰哇。

这让我想到，电视电影里看到的那些在密林里生活的人们，或是穿行在密林里的旅人和士兵们，他们是怎样挨过蚊子疯狂叮咬这一关的呢？不过话又说回来了，我年轻开车的时候经常去农村、山区，怎么就没有被蚊子叮咬的记忆呢？那时候开了一天车，累得不行，到了晚上倒头便睡。现在却对蚊子异常敏感起来。内人说，现在屋子里就是有一个蚊子你也受不了。你看你在屋子里舞舞扎扎的，到处撵蚊子，像跳大神儿似的。我说，啥也别说了，寡人有疾，寡人忘本。人一忘本，连机体的防蚊能力也迅速地下降了。

好，惹不起蚊子还躲不起吗？咱们马上走。

天气预报说，明天要有八级大风。要知道，在城市里很难遭遇八级以上大风，现在的城市俨然"水泥深林"。风如之大，明天就不打算再到小院来了，该做的基本上都做完了（就差芹菜没种了）。

刚刚到家，就开始打雷，闪电，随之下起了大暴雨。心想，这对刚种的果树恐怕没有好处吧？

母子情深

　　内人的儿子和儿媳喜欢吃烧烤，我们决定再把他们召来在小院团聚。他们母子又半年多没见面了，母子情深哪。说起来，尽管在外闯荡的子女们，一年、两年甚至五年、六年不回家，但是并不意味着他们不想念自己的家乡，不想念自己的父母和亲人。人伦之乐，是每一个人终身无法摆脱的大召唤。

　　我们先去商场买了鸡翅、羊肉串儿、牛肉串儿。又买了烧烤料、烧烤酱，并且备了两箱啤酒。内人的儿子特别喜欢喝"百威"。接着又去一家品牌店买了一些熟食，没想到，猪头肉和猪手居然七十块钱一斤。真不知道这一个个的商家是怎么了，疯掉了吗？为什么要卖这么贵呀？这不是明目张胆的抢劫吗？愤怒地想到这儿，自己也憋不住笑了。

第二天大清早就开车去了小院。先把院子用水冲洗干净，摆上桌子和烧烤炉。内人开始切凉菜。东北人最喜欢吃"凉菜大拉皮儿（或称炒肉拉皮儿）"，她觉得用黑龙江产的粗粉条拌凉菜才过瘾。虽然我嘴上没提反对意见，但是内心并不认可。我认为拌凉菜用粗粉条并不是最佳选择，应当用细粉丝，这样显得精致一些，吃起来口感也好。还是那句话，人生就是个妥协的艺术。

临近中午，内人的儿子儿媳开车过来了，还带来了羊肉串儿、黄喉、鸡翅、烧饼（他们认为烤烧饼是最好吃的，抹上孜然、辣酱这样烤，味道最香），还特地带来了一个他们新买的烧烤箱。还有两箱比较特殊的啤酒。据说这种价格不菲的啤酒很好喝，内人和她儿子都喜欢喝啤酒。真是知母莫如子啊，当然这也是儿子的一片孝心。内人却责怪儿子说，我们这儿有烧烤箱，你还买它干吗？儿子说，我这个烧烤箱才二十多块钱，很便宜。儿子不仅带来了烧烤箱，还带来了炭。

用当地的俗话说，这一天是亮瓦晴天的。原本想在网上买一个大遮阳伞，但时间来不及了。不过先前倒是有一个旧伞，似乎不太好使了，但聊胜于无吧。内人的儿子开始组装这个大伞，检查一下它究竟坏没坏。还好，只是有一个螺丝断掉了（被借去弄坏后，人家又给焊上了），这个德国货真的很结实，十多年了颜色依旧，功能依旧，且转动自如。德国的制造业真是很德国呀。

在小院里，儿子光着膀子，开始准备烧烤，儿媳则被他派去买辣酱。我知道年轻人爱吃辣的，事先已给他们炸了一碗辣椒，但是他们仍然觉得不够辣。一切就绪以后，羊肉串儿、鸡翅、黄喉、牛肉串儿很快就烤好了，一家人围坐着小桌子开始吃，开始喝。邻居们从小院门前路过时，一边看一边笑，都很是羡慕，很欣赏的样子。内人的心情也很好，见到儿子了嘛，当妈的心情自然就好。大家说了许多笑话，还讲了许多匪夷所思的鬼故事，聊了一点儿单位的事儿，同事的事儿，朋友的事儿和亲戚的事儿。毕竟半年多没见面了，虽然说彼此并没有失联，但是毕竟疫情防控期间被封闭在各自家里的时间太久了。见面聊天和视频聊天终究是两回事啊。就这样，一直吃到下午四五点钟才散。

儿子儿媳妇开车走了以后，我们开始收拾残局。晚饭是不能吃了，吃得太多了，酒又没少喝。平时我顶多喝一瓶啤酒，但这一次可能是心情好、环境好的原因，喝了两三瓶居然没醉。真是咄咄怪事。

友谊

　　和小陶瓷说好了，今天请她过来帮忙给小院架豆角架。所谓的豆角架、黄瓜架，并非人人都可以架的，这纯粹是农把式的活儿。开始也想到在网上买现成的，但那样做就太张扬了，而且也并非纯农村的味道，让周围的邻居看了，就会拉开彼此的距离。有一句话叫"到什么山唱什么歌儿"。这是对的，入乡随俗嘛。更重要的是，去年做架子用的竹竿儿还都在呢。

　　我因为报社约稿，有点儿小急，确实是没时间过去，内人便早早地开车去了。本来，天气预报说今天有雷阵雨到中雨，我一边写东西一边心里还想，这要是下雨了，这架子可怎么弄啊？不过呢，天气预报似乎是一直在犯错，常常报不准。果然，又是个大晴天儿。所以说，中国的科技发展还在路上呢，同志哥，可别骄傲得太早了。

　　小陶瓷如约而至，还给我们带了自家的笨鸡蛋。内人很感动，将从旧阳光房拆下来的两个柜都送给了她。说起来，在这个大千世界上，投桃报李的事几乎每分每秒都在上演着。你能说这不是一个感情世界吗？你能说这个世界很冷漠吗？这就是友情，生活的暖色。这样的生活不正是你想要的生活吗？安静，安逸，安祥，幸福，愉快。的确，在生活当中有许多坎儿，许多坑坑洼洼的路要走，还会遇到雨天、雪天、风沙天、雾霾天，只要你保持着平常心，这日子就是好日子。

　　中午，我自己做了小米粥，这几天胃不好，喝小米粥胃很舒服的。这不重要吗？这也很重要。袁枚先生说，只能是人等粥，不能粥等人。所言极是。

　　这时内人打电话过来，说小陶瓷和她的儿子来了，三下五除二就把豆角架和黄瓜架架好了。真行，他们干这些活儿就像玩儿似的，咱们可就差远了。

早市

忘了介绍小院周边的环境了。

我所居住的小院外面，临着一条宽广的大街。先前是一条土道，现在已经改造成了一条柏油马路，平平展展的，看着特别让人舒心。路两旁种植了满满的丁香树，每到春风驾临，丁香花尽数开放，香气袭人，景色异常地美。但是，并没有因为道路的改变让当地的民风民俗受到影响，这里，照例每周都有"集"，城里人称之为早市。其实说是早市也并不准确，因为晚上的集也照样出。只是乡下和城市的"集（或称早市）"多有不同，城市的早市，主要针对城市人的需求，多是一些蔬菜呀，瓜果啊，水产品等等。而农村的集多半是当地农民卖自家的农产品，譬如自己家小院种的豆角苗、茄子苗、辣椒苗、柿子苗、黄瓜苗，等等，同时还卖农具，如锄头、铲地的铲子、豆角秧儿架，等等。各种菜蔬就不要说了，多是自家地产的。自家小院里种的菜吃不了就拿到早晚市上换钱，这在当地是司空见惯的事。设若说当地人单纯是为了赶集而赶集，也不尽然，其中也不乏到集上享受一下赶集的气氛，跟附近来赶集的农民兄弟姐妹在一起聊聊天，传递一下彼此的信息。心情总是很愉快的，如是别一种节日。集上的品种也特别地丰富，若是有怀旧的情结在这里便可以得到极大的满足了，比如说老式的豆腐，老式的咸鸭蛋，老式的咸菜，老式的煎饼，老式的火烧，老式的馒头，应有尽有，而且都是纯绿色的。

不仅如此，逛早市还可以增加自己的生活小常识。比如说内人喜欢嗑瓜子。卖瓜子的那个老妹子已经认识我了。我说，你的新瓜子好吃，可吃不了的，没几天就艮了，这可怎么办呢？她说，嗨，这好办，把吃不了的瓜子放在冰箱的冷冻层里，到时候拿出来吃跟新炒的瓜子一样，脆脆生生儿的。我回到小院如法炮制，果然如此。

只是，在这个时间段开车出来就困难了，这条街已经被赶集的人群挤得水泄不通。而且赶集的人根本不在乎有车开过来，也不给你让，无论你怎么按喇叭，他们就像没听见一样，那意思仿佛在说，你敢轧我吗？你没这个胆儿。说实话还真就没这个胆子。所以，开车通过集市时要有极大的耐心和修养，要笑眯眯地，一点一点地往前挪，一点儿都不要生气。

乡下的集，热闹固然热闹，但在疫情防控期间就极其危险了，万一有病菌传播，被传染上的就不止一两个人，而是一群人，后果不堪设想。内人是一个医生，她说这种情况很危险，她想给在防疫部门当领导的同学打一个电话。我说，这种情况人家不可能不知道，而且人家作为一个领导也没这么大的胆子视而不见，充耳不闻，听之任之啊。君不见因防疫不力被撤职了的领导还少吗？内人说，那就换一种方式，我在微信群里发一个这里的图片，就说，哇，赶集的人真是太多了。你看这样行不行？我说，领导都是聪明人，一看就明白。好，就这么办吧。

乱花渐欲迷人眼

　　小菜园的菜苗种下去之后，我们便天天开车去小院看，这几乎成了这一段生活的主要内容了。小菜园里种的种子有一部分是我的一个文友提供的，这个文友经营一家种子公司。这一类的朋友在你需要的时候，总会从你的记忆库里头迅速地蹦出来。他送给我的种子果然是优质品种，长势出众，结结实实的。无论是苞米、豆角，还是南瓜、柿子、茄子，都长得好，连周围的邻居看了以后都说，你家的菜长得可真好啊。都是很羡慕的样子。

　　我还在小菜园的空地边上种了一些香菜、生菜、臭菜。心想，总比在家里阳台上的花盆儿种菜要好得多吧。为了把小菜园布置得漂亮一点，有一点"归园田居"的气氛和闲适的味道，我们还将家里的那六个栅栏式的长条木花盆带到小院里，在小院阳光房前一字铺开，撒上花籽。心想，等它们开花时，小院一定很漂亮。所谓"乱花渐欲迷人眼"。还在边角废地上种了一些野花，如少数民族称之格桑花的笤帚梅。因了此株天然的野性，生存能力和适应能力都很强。记得过去坐火车时，路过每一个小站的路边都种满了格桑花。这种花各种颜色都有，红的，粉的，黄的，紫的，花团锦簇，簇拥在一起很漂亮。同时还在小院里种了些芍药、百合、睡莲，等等。

为了种睡莲还专门买了一口大缸（这些日子，几乎天天到"菜鸟"去取快递过来的花籽儿、花土、花肥，还有一些装饰小院的小物件，连"菜鸟"的人都说，老人家，想不到您还是一个剁手党啊。弄得我都不好意思去那里取快件儿，有了快件儿就让内人去取。女人可从来不在乎这种事）。只是种睡莲用的不是普通的花土，而是河泥。河泥不会与水混为泥浆，而是沉在水的下面，像软膏一样把种子牢牢地埋下，种子就不会漂起来了。

所以说，无论做什么，不仅含着有趣，也包含着诱人的小知识，小学问。所以古人所说的"花博士"，名副其实，并非过誉之称也。

内人对小院一天不去都想得不行。我开玩笑说，这跟你是一个地主的女儿有关，这就是基因的力量，遗传哪。她想了想说，别说，你说的可能有一点道理。就这样，我们两口子几乎天天都到小院来看一看。同时，也特别关注天气的变化。这就是那么多人在意天气，那么多人观看中央电视台的《天气预报》节目的一个重要原因。中国毕竟是一个农业大国，而且绝大多数人都是农民的后代。农民千百年来一直在关注天气的变化，刮风了，下雨了，霜冻了，天热了，干旱了，都十分地在意。要知道，这关系到一年劳作的收成啊，关系到能不能吃饱饭这个天大的问题。所以说"民以食为天"是有多种解释的。

中午，吃小陶瓷送来的土鸡蛋。这鸡蛋是纯粹的笨鸡蛋，炒出来黄澄澄的，闻着就非常香。我还发现炒鸡蛋有个小窍门，出锅之前再放盐，既有咸味儿又可以避免食盐过多。

外国侨民眼中的哈尔滨

这两天在小院看了两本书，加藤淑子所著的《诗意的哈尔滨》和《倾听哈尔滨的诗》。这两本书里主要写当年（即哈尔滨光复之前）她在哈尔滨生活的感受和见闻。先前我以为自己对哈尔滨还是比较了解的，但是看过她的书以后还是发现了一些有趣的东西。例如，先前我并没有在意的俄式壁炉。这种壁炉过去我是见过的。早年在哈尔滨至少有一小半人家都是俄式建筑（现在都拆得差不多了）。就像有脚就有鞋一样，有俄罗斯建筑就有俄式壁炉。哈尔滨人对俄式壁炉情有独钟，这在江南是不可能的事。尽管情有独钟，但是光复以后，哈尔滨人还是按照中国人的生存方式，将壁炉改成了火墙。我认为火墙的发明是受了俄式壁炉的启发。先前东北这个地方，特别是黑龙江人取暖的方式，就是火炕，还没有火墙。火墙，就是一面立式的暖气，它的散热面积大，效果也很好。一家人可以坐在火墙那儿取暖，在那儿晾衣服、晾被子也是很好的。在十九世纪末二十世纪初，几乎家家都有火墙。当然，哈尔滨人砌的火墙与俄式的壁炉，无论是在形象上还是作用上都有相当的差距。火墙的主要作用就是取暖，跟火炕不一样。火炕虽然也是取暖，但白天家人还可以坐在上面休息，吃饭，聊天，喝花茶（早年的哈尔滨人喜欢喝红茶和花茶）。坐在火炕上面屁股热热的，挺舒服的。过去民宅都是泥房，非常简陋，而且屋里四下漏风，御寒的效果极差，屋子很冷，窗户上是一层厚厚的霜，甚至家里水缸上面也冻上了一层薄冰。萧一山著的《清代通史》上曾经说过这样一段话，大意是东北人之所以愚笨，就是因为睡火炕的原因，脑袋睡得昏昏沉沉的，如此岂能不笨？尽管我不能完全同意他的这种说法，但是，萧先生说的也不能说完全没有道理。倒是火墙改变了这种现象。那么，是不是火墙开发了哈尔滨人的智力，保护了哈尔滨人的智力发展呢？这自然是一种笑谈，但总还是有一点点作用的罢。

加藤淑子写道："俄式壁炉与普通的暖炉不同。为了安然度过零下二十多摄氏度的寒冬，这里的人们会严严实实地给窗户糊上两层纸。如此一来，室内就无法烧柴、烧炭取暖了。俄式壁炉就是将墙壁变为暖炉。点火口位于房间角落或是走廊上，从点火口填入柴火放上煤炭，点着纸，从下面引火，待火苗烧至煤炭时再倒入一大桶煤炭，然后静静地等待煤炭烧红。煤炭烧红后，封上上部的堵板，外流的空气受到阻断就会使墙壁逐渐升温，此时点火口的下端开口也需一并封上。需要注意的是，若过早封上堵板会导致一氧化碳中毒。只需傍晚点火烧上壁炉便能满足一天的供暖需求。此外，厨房的炉灶也能加热墙壁，这样一来房间就能温暖如春了。"

加藤淑子说的用纸来引火显然是奢侈的，而且效果也并不是那么好，要知道，在那个年代普通人家对纸张还是很珍惜的，轻易不会用纸来点火，通常是用两种东西，一种叫明子，何为明子呢？就是松树浸着松树油的部分，这在松木材里随处可见，只要发现有松树油渍的地方，就会把它保存下来，作为明子点火用。效果惊人地好，而且耐烧。另一种引火的东西就是桦树皮。这个我不说大家也都清楚，黑龙江是个有大森林、大湖泊、大湿地的地方，桦树特别地多，桦树皮不难找，用它引火的效果非常好，缺点就是燃烧得太快。那么，用纸来引火显然只有侵略东三省的日本人家才会用这样的方式。但是，冬天的时候普通人家在窗户上糊上两层窗户纸这倒是真的。当时哈尔滨的玻璃是稀罕物，普通人家不会用玻璃来镶窗户，都是用窗户纸。那是一种特殊的纸，它不仅耐湿而且还透亮，也比较结实，一般的风是吹不坏的。在日本，这种纸糊的门和窗户随处可见。有的人还把糊窗户糊门的纸称为"高丽纸"，至于说为什么叫高丽纸就不得而知了。

当然，无论是火墙、壁炉，还是火炕，都有一定的危险性。加藤淑子说，要封上烟口或者是把炉口也封上，这是非常危险的，特别容易一氧化碳中毒，这种中毒的事在黑龙江时有发生，即煤烟中毒。煤烟中毒的主要原因就是在烟道那个地方有一个隔板，它可以自由地插进去或拔出来，为了让火墙、壁炉，包括火炕保暖，通常的做法是把烟道的插板儿插进去，这样可以把热气留住。但是这反而容易引起一氧化碳中毒。但不管怎么说，正是她的这些回忆引起了我的一些联想，甚至体验到了那个环境里的生存方式。尽管这些并不是了不起的历史发现，但它却是寻常生活中须臾不可离的东西。说到煤烟中毒，我想起了我的同学小范，他的姐姐就是因为家里烧火墙，放烟的插板没有拔出来，导致煤烟中毒，死在了家里。像这样的不幸事件，在当年家家都烧煤、烧拌子、烧火墙、烧火炕取暖的哈尔滨寻常百姓家屡见不鲜。

寻常一日

　　这几天，小院的菜长势越来越好了（尤其是豆角、茄子和南瓜），居然比邻居家菜地长得还好（太不可思议了）。我想，主要是种子好罢（比二大爷家的种子好），第二点，是我们的小菜园施了农家肥。用邻居老王的话说，等着吧，你家小菜园的菜那得呼呼长。当初还担心菜地里施肥过多把菜烧死，现在不用担心了。这算不算是一种经验呢？

　　在小院，我惊喜地发现两棵樱桃树从光秃秃的树干处长出了绛红色的小芽儿，它们活了呀。但是不知道，什么时候能生出叶子来。昨晚做了一个梦，梦见小院里的一棵花树开出了粉色的花，不知是何寓意。小院里那两棵紫藤也长出了绿色的小芽苞。至少目前看，有希望了。我种的那两棵香椿树和花椒树到现在还没有动静。当初内人就说是不是种得太浅了，我说不浅。现在看还真是有点浅了哈。

小院里正好有一块酱牛肉，今天中午吃咖喱牛肉饭。内人做咖喱牛肉饭很拿手，味道还行，放土豆块、萝卜块、牛肉块，然后加上咖喱，这样做。米饭是现成的，我用干豆腐丝儿、洋葱丝儿、黄瓜丝儿，加上香菜，一点盐和味素，拌了凉菜。

吃过后决定回城里的寓所睡个午觉。这几天也的确太累了。

开车往回走的时候，内人要买做点心的模具，现在她对做点心这件事充满了热情。先前家里的烤箱、蒸箱一直没用，现在打算把它用起来，给孩子们做点心啊，做一些海鲜，都是非常好吃的。为此动人的目标，她买了许多工具和做食品的书，只是现在还没开始做，就像小孩子迎接春节的心情一样。是啊，最让人兴奋的，是在春节来临之前的那段日子。

在回去的途中，女儿来电说给我们烤了个面包让我去取。说心里话，我并不太愿意吃女儿烤的面包，她放的黄油太多了，而我对黄油天生有一种排斥。但这是女儿的心意，女儿的孝心，好不好吃也得说好吃。是啊，人世间所有的人都能像父女那样相处该多好啊。

既然去了商场，我就顺便买了大桶的酱油和大桶的料酒。小瓶的很快就会被用光，需要你不断地去买，现在正是疫情防控期间，总去商店不安全。我本来还想买一点薯片或者饼干作为平时的零食，但是总觉得自己年纪大了，买这种东西有点不好意思。在冰柜那儿看到了俄罗斯的奶油冰棍，我挺喜欢，内人有点小反对，但是见我喜欢，那就拿一包吧。在冷柜那儿我们又买了一些羊肉串儿，打算哪天去小院烧烤。又看到了涮火锅的羊肉、豆腐、丸子、海鲜之类，都挺好的，但决定还是涮的时候再来买。简单最好，不可以奢侈，更不能因海鲜之名贵购置，涮羊肉就是涮羊肉。说到这儿，我想起了袁枚先生关于"耳餐"的一段话："何谓耳餐？耳餐者，务名之谓也。贪贵物之名，夸敬客之意，是以耳餐，非口餐也。不知豆腐得味，远胜燕窝；海菜不佳，不如蔬笋。余尝谓鸡、猪、鱼、鸭，豪杰之士也，各有本味，自成一家；海参、燕窝，庸陋之人也，全无性情，寄人篱下。"（《随园食单》）

　　袁枚认为这种人吃的不是菜，而是慕名而来（即所谓"耳餐"），吃的是名，而不是菜肴本身。试看天下，耳餐者真是大有人在呀。

老汉汉

金圣叹说人生的三大幸事之一，就是闲聊。

在小院喝茶的时候跟内人闲聊了起来。说我先前去西安时，听当地的朋友说，像我这样年岁的人，在西安被称为老汉，比我还大的叫老汉汉。

今年老汉汉怕是回不来了吧。我说。

所说的老汉汉是我内人的父亲和母亲。老头八十六岁，老太太八十三岁，他们每年都要去深圳过冬。黑龙江太冷了，老年人受不了也扛不住。我内人的那些当医生的同学都说，你要想让老头老太太多活几年，就让他们到南方去过冬吧。老头老太太不差钱儿，不仅有保姆在那边照顾他们，还有在深圳当高级建筑设计师的二小姨子随时过去关照他们，挺好的。二位老人每年都是十月份去，次年五月份回。说一件趣事，设若说二位老人是今年十月十一号去的，那么来年的五月十一号就一定回来，既不早一天，也不晚一天。如此看来，无意义的遵循也是遵循。因民航有规定，岁数大的老人坐飞机需要有人陪护，这样二小姨子就陪他们回来。自然也可以让保姆陪着，但儿女们不放心。今年情况特殊，疫情生焉，回来确实不宜。不过，内人说，二老并不放弃返乡的愿望，让他的外孙子给打听一下，现在回到哈尔滨有什么讲究。外孙子说，有什么讲究，隔离呗，还有做核酸检测。

内人决定明天到社区去具体问一下。社区的回答和外孙子的回答基本一致。她便和她妹妹通电话，希望她做一下二老的工作，都这么大岁数了，不要来回折腾了，何况现在又是疫情防控期间。二小姨子倒是劝了，但两位老人说，我们现在身体还行，想回家看看。内人说，看什么呢？看谁？看我们哪？要是想我们，我们就飞过去看你们不就得了吗？

自然，事情并非这么简单，正所谓故土难离，尤是老人。既然难离就总是想着回家看一看的，那不仅是一种愿望，也是一种无声的呼唤。这种呼唤的力量是强大的，阻挡不了的。不要说有什么事你才回来，没事，就是回来看看，看看家里的冰箱，看看厨房，看看街道，看看那些熟悉的人，这样心里就踏实了。再说这已经形成了惯例，连往返的日期都不变，他们能放弃回来吗？

泡澡

身子又有点紧了（老百姓常说的"皮子有点儿紧"）。这种"皮子有点儿紧"的事常常发生在上了年岁的人身上。以前我解决的方法是泡一个热水澡，让整个儿身体放松，头脑放松。然后再写东西，效果颇好。每当身体感到疲劳的时候，就去附近的那家小澡堂子泡个澡。那时候人还年轻，倒不是皮子紧，就是想让自己放松下来。我觉得，一个人写作的最好状态就是放松。不仅是文学创作，从事各式各样工作的人都需要这种放松状态，包括开车，包括发言，包括辩论，甚至还包括演员拍戏，运动员比赛，等等。这是我的亲身体验。

早年我去泡澡放松的那家小澡堂子纯粹是民间的，很干净，每天都换新水，并且是早上清洗浴池之后再放水（这都是我亲眼所见），很不错。很不错就是很放心。而当今的那些洗浴广场之类，是不让人放心的。当年那家小浴池只收一块钱。如果我这几天要连续写东西，就每天早晨连续去小浴池泡澡。搓澡的师傅都认识我了，我常常是他搓的第一位客人。他说，你不是搓澡，就是按摩一下。我说对。搓澡师傅说，早晨给客人搓澡气味儿也好闻。到了下午，水也脏了，味儿就差了，唉，那时候搓澡就是个遭罪呀。

现在年岁大了，虽然仍然用泡澡的方式放松，但效果已不是过去那样地明显。通常还会按摩一下。说到按摩，我认识一位有水平的按摩师，他是一位老先生，独身主义者。按摩的时候他经常和我聊天儿。他说，年轻的时候，到中午吃饭，其实可能自己并不饿，可是只要吃上两口，一下子胃口大开，有多少能吃多少。他说，刚在医院工作的时候，每顿能吃八个大馒头。我听了很感慨，觉得年轻人真是很伟大，很了不起。他给我按摩的时候告诉我，第一，一定要放松，不然，我是在跟你紧张的肌肉较劲。第二，不要憋气，要正常地呼吸。感觉疼了你就深呼吸，吐气，这样就不会觉得那么疼了。

现在是疫情防控期间，按摩是不可能了，但还是时常"皮子有点儿紧"，还是要继续采取老办法，为此，我在小院的卫生间里专门安了一个浴盆，方便在家里泡澡。泡过澡以后，再喝个茶。茶还是不错的，是从安徽带回来的，纯粹的农家茶。茶喝透了开始做早餐。是啊，早晨做的事多了一点，时间比较充裕嘛，拌一个豆腐，再用黄瓜、洋葱、蒜、香菜段儿拌一个凉菜，给内人煎了她喜欢吃的东北黏豆包，再蒸一个蒜茄子，做凉拌蒜茄子，很好吃的。主食是面条。我比较拿手的是肉丝清汤面，或者是肉丝雪菜面。但并不天天做面吃，今天就简单一点。主要是这两天胃不太好，用荞麦面和普通的细挂面混在一起煮，拌上上面说的小凉菜，倒一点海鲜酱油，这样吃。过去我在工厂图书馆当馆长时（就像祥林嫂常说的那句：我单知道狼来的时候），常常一个人住在厂家属宿舍，就是用这种方法吃中饭，面条拌上黄瓜丝、豆腐丝，倒上酱油，挺好的。

之后，又把昨天腌好的小黄花鱼炸了，内人早晨喝咖啡。我不能喝这东西，她说，我给你冲点俄罗斯的豆奶粉。俄罗斯豆奶我喜欢，但是今天吃面条就免了吧。

阳光房与读书

"家居闲暇厌长日，欲看年华上菜茎"（宋·苏辙）。看过了小菜园里蔬菜和花草的长势，长叹一声，感慨一番，然后，照例去阳光房看书。前面说过，由于城管的干预，阳光房已经分割成南北两厢，右边的阳光房多是作为休息、喝茶、看书、打瞌睡的地方，而左边的阳光房自然而然就成了内人这"面包控"的"面包房"了。

吾所谓的阳光房，不要把它想象得怎样地豪华，其实很普通，就是一个"玻璃房"。老哈尔滨人称它"花房"。之所以称之为"花房"，是沿袭了俄国侨民的传统。俄国人的单体住宅，在房子的一侧都有一个玻璃房，俄式风格十足，很漂亮。虽说冬天"花房"并不保暖，但是夏天那里倒是一个绝佳的好去处，房主人在"花房"里养花、喝茶、看书、午睡，用现在的话说，发发呆，想一想自己的故乡，想一想自己的未来，即便是惆怅了，也充满着梦幻色彩。读书，花房无疑是最佳所在。现在称之为"阳光房"。

不知道别人是否有这样的读书经验，读过书以后，会有一些想法，例如说对散文的看法。我倒是认为，散文还是写得明白如话的好，若是读起来特别吃力，过于涩拗，或者故意华丽化的散文，读起来就会让人觉得辛苦。这个道理并不是我的发明。我回顾了一下，自唐宋元明清以来，那些著名的大诗人写的诗词都是明白如话。要知道，他们生活在纯粹的古汉语环境当中，他们选择明白如话的文学语言，实在是一件值得称道的事情。我想，若想让自己的文章能够在寻常百姓中广为传诵，重要的一点，就是明白如话。举个例子，"白日依山尽，黄河入海流""离离原上草，一岁一枯荣"，这就是明白如话，亦如画也。周作人先生说"若变成白话，便通行更广，流毒无穷了。所以我说，文学革命上，文字改革是第一步，思想改革却是第二步，却比第一步更为重要。我们不可对于文字一方面过于乐观了，闲却了这一面的重大问题。"（一九一九年三月）

不能说周先生的话完全没有道理。

早餐物语

　　不知从何时起，我喜欢起制作小凉菜。如将包菜丝、干豆腐丝、胡萝卜丝、洋葱丝拌在一起，用花椒热油浇一下，这样吃。或者拌一点苦瓜丝、芹菜丝，等等。每天早晨我固定的是"老三样"：芹菜、木耳、洋葱。这并非珍馐美味，非常普通，大众化，也非常便宜，做法又很简单。古人说："可素不可荤者，芹菜、百合、刀豆是也。"袁枚先生说："小菜佐食，如府史胥徒佐六官司也，醒脾解浊，全在于斯。"有时候，在饭局上我会把这样的经验介绍给在座的朋友，但是我很快发现，多数者不以为然也。也是啊，寿命天注定。不过，这让我想到了另外一个令人心寒的"故事"，我相识的一家人共兄弟三个，大约都是三四十岁的年纪，正值壮年，是人生最好的时光，然而这三个兄弟却相继死于心梗。难道前两个不幸英年早逝的兄弟不会成为第三个未亡兄弟的惨痛的警示吗？

当然，大家都活得好好的，谁愿意听这种让人颇感不快的"故事"呢？还是就此打住吧。

医学专家说，疫情防控期间人人都要增加营养，这样可以提高免疫力。所以我的早餐除了"老三样"之外，还有鸡蛋和豆奶粉。为什么喝豆奶粉呢？关键牛奶我喝不了，胃受不了。至于说为什么受不了，我也说不清楚。所以一个人不要说对自己的身体是十分了解的。有趣的是，内人的胃似乎吃什么都没问题。我笑称她的胃吃铁末子都没事。她喜欢吃黏豆包，我也喜欢吃，但不敢吃多，吃多了胃会疼，会泛酸。我的胃之所以不好，一是（可能）遗传的因素，但外界的因素也是有的。年轻的时候开大卡车，经常跑长途，饥一顿饱一顿的，再加上当年开的是那种老式的解放牌大卡车，车上没有取暖设备，没有任何防护措施，黑龙江又是极寒区域，早年，零下三四十度的严寒是家常便饭，非常冷，冻得"鬼龇牙"。早年的生活条件比现在差很多，很艰苦的。然而不然，当时不仅没有感觉到寒冷带来的辛苦、痛苦，反而觉得很欢乐。可是精神是精神，肉体是肉体，器官是器官，在那种特殊的工作条件和恶劣的天气状况折腾下，胃就渐渐地抵抗不住了。胃也如一部车子的发动机一样，跑过了十万公里，二十万公里以后，它的动力就不像以前那么顶用了。可以说，我们那个时代的老司机没得胃病的人是极少的。而今，我吃特别热的东西和特别凉的东西胃都不行，都有不良反应。还有让我大惑不解的是，在天气不好的时候，比如说阴天了，居然也会影响到胃。内人在消化科工作的医生同学建议我多喝点小米粥，切记一定要常年喝，就像你常年吃"老三样"一样才行。是啊，一个人除了要听党的话，听父母的话，同时还要听医生的话。果不其然，我只要喝上小米粥胃就会觉得很舒服。看来医生说的是对的。

说到饮食，我生活在哈尔滨这个洋气的城市，早年时，俄罗斯侨民几乎占全城总人口的一半以上，所以当地居民在饮食上受到俄国侨民的影响是没错的。比方说，喜欢吃面包、红肠，喝牛奶、喝啤酒，等等。这些都是俄罗斯人的饮食习惯。说到影响，顺便介绍一下我爷爷。爷爷十几岁便从山东闯关东来到了黑龙江一面坡镇。当年"一面坡站"是中东铁路沿线上的一个重要集散地。爷爷到了之后，先是给俄罗斯站长当仆人，后来在机务段当段长。他几乎是从年轻时代就一直受俄罗斯饮食文化的影响，像俄国人一样喜欢吃面包、牛奶、果酱，一直到老了也是这样。大姑每天早晨给他切两片面包，烤好，抹上果酱，再切两片红肠放在上面。这就是老爷子的早餐。爷爷早晨喝茶的习惯也是从俄罗斯人那里学来的。爷爷的这一习惯一直影响到我，并且几十年来我一直习惯于早晨喝茶。只是我吃中餐。我曾经在一篇小文儿当中说过，我小的时候曾经在一家俄罗斯人开的红十字幼儿园里生活了三年。毫无疑问，那里小朋友们吃的就是西餐。按说应当有些影响，没有。直到现在我依然喜欢吃中餐，粥啊，馒头啊，咸菜呀，等等。当然，也不能说一点影响都没有。比如说，我隔一段时间还是想吃一回面包，且经常到超市买那种价格比较贵的面包。并不是说我是一个有钱人，我基本上是一个穷人。但是为什么作为一个穷人没分寸，而去那种高档的面包店买面包呢？原因很简单，一是，现在普通商店卖的面包用的料或有不尽如人意的地方，比如说面粉的质量，比如说糖和牛奶的质量，比如说烤面包的技术水平，等等。那种面包口感比较差，吃不到面包独有的麦香味儿。到高档面包店买面包有一个方便条件，顾客可以先品尝后买。我就挨个品尝，用舌头品一品哪种口味适合我，我就买哪种。拿回家吃心情很愉快，心情愉快了，精神面貌就好，精神面貌好了，创造力也就跟着提升了。所以，早上我偶尔也会烤上两片面包片，抹上果酱，但不抹奶油。这一点也是令我费解。小时候我在俄国人开办的红十字幼儿园上学时，午餐就是面包抹黄油和果酱，再加一碗红菜汤（有时候是蘑菇汤），那时候吃一点问题也没有。但后来不知道为什么我会对牛奶和黄油排斥。这实在是我无法解答的一个问题。总之，遇到早晨想吃面包的时候，如果家里有鱼子酱，那就再切一点洋葱碎和鱼子酱拌在一起，抹在面包片上这样吃。再冲一杯豆奶粉。在我看来，这已经很高档也很奢侈了，同时还会有一点点小小的不安。

早餐后，冲茶。记得爷爷喜欢喝红茶，奶奶会给家人沏一大壶红茶，就是那种俄罗斯式的搪瓷大茶炊。爷爷和他的儿女们围坐一圈儿，都端着茶杯吱吱地喝。父亲回忆这件事情的时候还抱怨说，大清早上空肚子喝这玩意儿，真不知道是啥意思。但是不喝不行啊，不喝，爷爷会不高兴的。如此说来，叛逆也会表现在各种事情上。我早上喜欢喝绿茶（冬天的时候煮一点红茶喝，加糖），喝的时候并没有觉得自己的这种习惯是受了爷爷的影响，后来听说爷爷也有早晨喝茶的习惯之后，这才跟他老人家联系到了一块儿。

袁枚先生谈到喝茶的时候说："七碗生风，一杯忘世，非饮用六清不可。"我也听一位医学专家说："从现在开始我就天天找人喝茶。"

喝过茶后，再做一点"八段锦"，去迎接不知道会发生什么事儿的一天。

小院的节奏

固定的（人的习惯性动作真是不可思议），我每天上午写东西，且仅仅写两个小时，到十点半结束。然后和内人开车一块儿去小院。眼下是小院最需要操心的时候。

没想到进小区的时候，一辆车停在大门外不动了，我们的车"过不去"（内人开的车，如果我开车还可以勉强过去）。有时候内人也像一个女汉子，决定硬开，将车开上了道牙子强行通过时，没有想到道牙上埋着一个三角铁将车轮胎给扎破了，轮胎顿时没气儿了。内人很生气，但是冲着我发火也没道理。我说，你去换轮胎，我在家里浇园子。

我浇菜园的时候，邻居小媳妇说，叔，今天下雨，不用浇。我笑着说，这几天天气预报不断地出错，还是先浇着吧，闲着也是闲着。邻居小媳妇笑了，说得也是啊，这几天天气预报真是……

内人修轮胎回来了，还额外带回几个旧轮胎。她说可以用旧轮胎占车位。先前我们放在小院门前的那三个轻飘飘的塑料地标塔常被人扔到了一边，将自己的车停在那儿。可又有什么法子呢？晚上我们不在小院住，加上我的小院有监控，只要有人过就会亮。小区里许多爱车人觉得这个地方泊车可真挺好，还有监控帮着看守。所以，在我们小院门前停车几乎有点争先恐后的意思了。内人说，这些人真没素质。你停在我们小院门前也没关系，车开走了，把我们的地标塔再放上去不好吗？最让人哭笑不得的是，有的车主竟把我们的地标塔扔到草丛里了。看样子是对方非常生气，给他们添麻烦了。所以一位哲人说，这个世界上没有不讲理的人，只是我们讲的道理不同而已。

浇过菜园以后，准备午餐。今天的午餐简单，是昨天的剩饭，一热也就完了。然后到菜园里摘了几根带刺的黄瓜，配上香菜吃，脆脆的，清香。吃过午饭后又看了看小院园子里种的花草，都长得不错，毕竟是自己亲手栽种的，欣赏的时候心情就不一样。

吃过午饭，按照计划回家午睡（我想不起来这午睡的习惯是从什么时候开始的。至少三十岁以前是没有的。那么是从四十岁开始的？似乎也不像。总之，年过半百以后，人的确需要午睡来调整一下自己的精力）。

张君的茶

开车回家，接到张君的电话，要给我送茶来，问我在不在哈尔滨，什么时候在家。我告诉他下午三点半来就可以。我不想午睡时间被茶叶冲击，不然身体就会不舒服（表情也不自然）。那就抓紧睡觉，快到三点半了，内人过来说，邻居小雪来电话说，咱小院里的灯还亮着呢。这让我有点儿困惑，小菜园的灯是感应灯，为什么还会长亮着呢？而且是白天。内人说，先别探讨这些啦，不管什么原因毕竟它一直亮着，是不是？晚上吃过饭过去看看吧。

我先到小区的大门口去取茶。因为忘带小区出门证，只能在大门里边等。戴着口罩的张君到了，隔着小区的大铁门我们简单聊了几句（整个情景像探监一样）。他跟我讲，这是他的一个品茶师朋友从云贵那边带过来的，都是极品茶。他分一部分给我，其中有一种最贵的，大约几千块钱一斤。张君调皮地说，包装盒就不给你了，里面还有一罐茶给他的另外一位朋友。他笑着说，虚荣心嘛。我问，你挺好的吧？他夸张着表情说，这不活着呢嘛。我说，唉，现在所有的活动都取消了，咱们兄弟也走不出去了。

说起来，每年我们兄弟几个都自驾去省内某些偏僻的地方玩。自然不是那些旅游点，而是选择人少的地方，住在民居里，自己做饭，兄弟们在一起侃大山，喝茶，喝酒，吹牛，下棋。这是我们每年都盼着的事儿。看来今年是不行了。有人说，"新冠肺炎"疫情到秋天的时候还会反复。我的天哪！真是活见鬼了。

张君送的茶非常好，而且每包茶叶上都写着是什么茶，什么时候的茶。张君是一个非常认真的人，字也写得非常好。我决定把它拍成照片发到朋友圈，并留了一段言：我的兄弟，张君从他的品茶师朋友送的好茶中分赠我一部分，并专程驱车过江送到我陋宅之院前（呜呼，天下小区凡无通行证者均不得入内）。隔门相叙，怎一个愁字了得。都说张君贤弟粗犷（我称他是中国猛男），但每款茶都注明茶之品性。果然是"笔正心则正，心正字自然才好"啊。于兹之下，洒家又有好茶的日子喽。放怀漫想，"一饮涤昏寐，情来朗爽满天地。再饮清我神，忽如飞雨洒轻尘。"（皎然《饮茶歌诮崔石使君》）又，若不是新冠那厮的干扰，何劳兄弟专程送来？我们这些"活着可以入典，死了可以入药"的兄弟们，必相聚于吴君的"巴洛克咖啡馆"，手谈，品茶，不知东方之既白也。

没想到，此条发出去之后留言很多，天下的朋友们都很羡慕，其中彭建明先生这样写道："不爱茶和嗍螺者，不是好作家。"这让我开怀大笑。所谓"嗍螺"者，是说多年前我和彭建明先生在成都参加中国作协的全委会，地方招待我们吃辣辣的成都菜，螺，是其中的一道菜，特别辣，几乎有一大半人没有吃，我们这个桌的人都特别喜欢吃，于是我把别的桌不吃的螺全部拿过来，几位好朋友大吃一顿，非常痛快。

还有一喜，早上起来，猛然发现今天居然是全世界首个"茶日"。如此巧合，不亦乐乎。

不爱茶和嘣螺者
不是好作家

读书的联想

　　这次去小院特意带了一本《满洲的情报基地——哈尔滨学院》，是一个日本的传记作家芳地隆之所著。

　　到了小院，看到院里的芍药花和格桑花都开了，其他的花儿还没有开，心想，不要着急，到时候就是满园春色了。

　　小院的阳光房是读书的最佳环境。这本《满洲的情报基地——哈尔滨学院》，作者芳地隆之是一个年轻人，一九六二年生于日本东京，一九八八年大学毕业后赴东德留学。归国后任俄罗斯东欧经济研究所研究员，现就职于社团法人日本俄罗斯 NIS 贸易会社。曾著有《我们在革命中》《那时需要柏林墙》《哈尔滨学院与"满洲国"》等书，他一直活跃在以史料为题材的纪实性创作领域，但不可否认的是，他的政治立场和政治素养，包括他的政治抱负都不可小觑。

芳地隆之在这本书当中记叙了他考察活动中的某些所见所闻，引起了我的兴趣："那是个鞑靼人家，拿出灰色面包、自家制的黄油、盛满在小钵里的酸奶，还有刚挤的带有草味儿的羊奶，来招待杉目他们。鞑靼人也是热情好客的人。晚上做了羊头汤……一边吃着各式各样烤鸡和整只烤乳猪……疲惫的杉目伏特加流入了喉咙之后也说着'为了日本和俄罗斯的友好''为了外贝加尔哥萨克的将来''为了健康地活着'。在宴会的最后，所有日本人连路都走不稳了。在那里也认识了不同于哥萨克的民族，就是亚商的鞑靼人，他们在呼伦贝尔的村落，修建有伊斯兰寺院，早晚吟诵《古兰经》的声音如同寺院钟声的余音一样。

"一九四一年十二月，杉目和前来视察的关东军国境警备队长一起，和哥萨克人乘坐马橇，到靠近苏满边境的吉拉林猎狍子。将国界隔开的阿尔干河结冰了，所以不知道哪里是国界线了。在一片纯白色的雪原中，哥萨克一枪打中了狍子……哥萨克手法熟练地剖开狍子的肚子取出肝脏，放到类似于脸盆的容器里，在上面撒上盐，然后递给了杉目和草野。

"哥萨克说，黄鼠狼捕到鸡的时候吃肝脏。我们也是先吃肝脏，然后就有精神了。"

书中有一句讲到吉田和内藤操的话引起了我的兴趣："何合

良成率领的访苏代表团事务局的吉田进回忆起当年的情景。（吉田说）：'我在学生时代喜爱俄罗斯文学，但是靠文学吃不了饭。要想靠俄语吃饭，除了做学者以外，只有去商社或当新闻记者。'（他曾经就读于辽宁大学外语系俄语专业）吉田后来从日本国际贸易促进协会跳槽到日商株式会社（现双日株式会社）工作，出任该社的莫斯科事务所长，是内藤操的继任。这个内藤操就是何合良成率领的访苏代表团的成员之一，他是哈尔滨学院第二十一期学生，内藤曾经任北海道大学文学部的教授，同样是爱好文学，他曾经在巴黎采访过被驱逐出境的索尔仁尼琴。"这样的观点就是在今天，在我的一些朋友当中也偶然听到。挺有意思。

芳地隆之的另一个观点看上去也不无道理。他说："日本在历史上就未能客观地看待欧亚大陆。有时候我们把对方的威胁看得过重，或者对对方抱有过大的期望，有时候又对它投去蔑视的目光。这种不客观在第二次世界大战期间露骨地表现在日本的对苏外交以及对中国的态度中，导致了致命的失败。读懂欧亚大陆的地缘政治学，用自己的头脑思考并行动，现在我们需要的是针对大陆的现实主义。"

毫无疑问，这绝不是一个门外汉的观点。

作者还记述了一些有趣的生活小常识，例如："白桦就比较难劈。但白桦不仅用于采吸，也可从其树皮上提取漆黑的油脂。容易点燃的油脂可以用于煤油灯。白桦是非常珍贵的树木。"

其实白桦还有另外一个作用。我记得一次在伊春林区同一位到这里打算投资养老院的商人在一起喝酒，他的岳父岳母也在座。他的岳父岳母是本分的庄户人，对于姑爷的这种大手大脚牛逼的样子似乎并不满意，但又无可奈何。常常转过身来跟我聊天儿（这两位老人不喜欢听姑爷讲话）。老太太回忆说，我们在森林里捡蘑菇的时候，如果渴了就刮一点桦树汁喝。我问，怎样才能喝到嘴里去呢？她说，在树皮上割一个斜口，然后把嘴贴到下面用嘴吸就可以了，非常解渴，也很甜。

几年前，黑龙江某地曾开发过桦树汁饮料。我好奇，我喝过，挺好喝的。不知道为什么没有经营下去。早年去"五大连池"（那是一个地震后的火山熔岩山坡），那个地方到处都是石头。我惊异地看到那些在石头缝中生长出来的白桦树，这非常了不起。在黑龙江，不仅有白桦树还有黑桦树（那么黑桦树是不是由于生长在火山熔岩上的变种呢）。如开车穿行在大小兴安岭的森林里，常会看到一片一片的白桦树和黑桦树。无论是俄罗斯人、鞑靼人、蒙古人和我们黑龙江人，都非常喜欢白桦树，它几乎是一种美的象征，称白桦树是文静与纯洁的少女。

酸菜白肉

　　去小院的途中，内人在车上说，老爷（她对我的戏称），我把酸菜汤带来了，中午咱们就吃酸菜白肉吧。我说，行，酸菜白肉是农村名菜。

　　说起来，东北人都喜欢吃酸菜白肉。美食家白常继先生说："白肉实满人跳神肉，乃北人擅长之菜，南人仿制终不能加，煮白肉很讲究火候，将猪肉洗涤分档，码入大锅以多取胜，煮约一个时辰，断生即可。吃白肉老例是不请，不接，不送，不谢，吃得越多主人越高兴，用解手刀割而食之，以肥瘦相参，横斜碎杂为佳。此肉粉白相间，片薄如纸，肥而不腻，瘦而不柴，鲜嫩异常。佐以酱油，蒜泥，韭菜花，酱豆腐，炸辣椒油食之，风味独特。"至于白先生所说的吃白肉的老例，是不请，不接，不送，不谢。但毕竟是老例，而今人们的客套、礼节似乎也越来越多了，那种不请自来的朋友几乎为零。不过，客人们吃得越多主人越高兴这倒是不错的，极合乎东北人的性格。

家里的酸菜是"农大"（农业大学）的"红心酸菜"。农大的"红心酸菜"是纯绿色的酸菜，完全是手工制作的，并且用的全都是白菜心儿，脆生生的，味道非常正，也非常好吃（只是不知道这样的品质能够坚持多久）。一般认为，而今商家腌的酸菜并不如自家腌的好，多是工艺品。那种酸菜的酸，在清洗酸菜的时候就会被洗掉（估计是用了什么化学用品），只能用水简单地涮一下，不然一点酸味都没有了。内人同时还把小炸鱼也带来了。她跟我一样喜欢吃小炸鱼。光有酸菜汤还不行，主食呢？于是在小院门口的超市买了挂面。

晚上吃酸菜白肉（用大骨头棒炖的汤）的时候，邻居老于家的那条黑狗（叫黑客）居然进了院子。狗的鼻子真是灵敏。其实，我们吃的时候就说别把大骨棒上的肉啃得太光了，好给黑客送去，没想到它自己找上门来了。我便拿着骨头到了小院外面，将骨头扔到街上，黑客叼着一块跑了，吃完以后，又回来叼第二块。这种节奏与方式挺有意思。

打丫子

吃过了晚饭，内人打算再种一些香菜，还补种了苦瓜。先前种的苦瓜籽儿长出的苗不幸被内人当野草给拔了（当然，她绝对不会承认的）。在小院里欣赏菜园的时候，黑客的主人老于过来了，在院外面看我们种的菜地，说，你这个菜得打丫子了。我说，还要打丫子呀？他吃惊地说，你没种过地吗？我忸怩地说，没有（我还是第一次为自己没种过地感到不好意思）。老于立刻岔开话头说，唉，不过，你这个地上的肥好啊，也不一定非得打丫子。

说起来，打丫子我是曾经做过的。几年前和几个写小小说的人去长春某地的农村，为了装成干农活的样子，在地里，每个人像电影《地道战》里的民兵那样，头上系个白毛巾，弯着腰在地里打丫子，拍照片，作秀。这回真的要打丫子了，不知道为什么，我竟觉得现在打丫子似乎有点早，应该再让茄子辣椒和那几棵玉米长一长。又想到，等苦瓜的蔓儿往上爬的时候，还要买些吊绳。说买就买，立刻在网上买了一捆尼龙绳，九十五米长，足够用了，又买了一些软铁丝，这样还可以系西红柿秧子用，去年种的西红柿都趴在地上了，烂掉了，怪可惜的。

为了伺候好这个小菜园，真是做了许多的劳动，在网上又是买这个又是买那个，这个中的过程别有韵味与诗情。

小菜园的乐趣

几天以后，看到邻居们的小菜园都开始打丫子了。"跟啥人学啥人，跟着巫婆跳大神儿"。咱也打。于是取来剪子打丫子，将苞米、茄子根部的一些多余的叶子剪掉。听说，这样有利于菜蔬的生长。因昨晚上浇过菜园，地湿汀，那就穿上水靴子干。弯腰，低头，撅屁股，用剪子剪苗下边的丫子（多余的枝叶）。这活儿虽说很普通，但的确很累（腰背酸疼。由于长时间低着头干活儿，眼珠子似乎也往外凸），由此还想到，农民兄弟要打好几顷地的丫子呢（南方一年要收好几茬，收几茬就得打几茬丫子），真是辛苦，不容易呀。古代诗人说，"谁知盘中餐，粒粒皆辛苦"。这是诗人看到农民辛苦劳作有感而发呀。

打丫子之后，觉得应当给蔬菜打一点农药，当然是打那种无害的杀虫农药了。内人似乎对喷农药很有兴趣，于是她全副武装穿上衣服，戴上口罩，背上农药瓶，拿着喷头在地里喷了起来，并且让我给她拍几张照片，她要发到朋友圈上去。内人正喷着呢，邻居老王头路过，他操着山东口音说，嗨，眼瞅着要下雨啦。我说，老哥，天气预报错了好几天了，要下雨，要下雨，一直没下呀。老王头看了看天说，今天肯定会下。我说，不管下也好，不下也好，先喷喷再说吧。老王头看我干活似乎很辛苦的样子，感慨地说，你看你们两口子有两台车，开车到处去玩多好啊，忙活这个干啥。我说，老哥，这就是乐趣。老王头说，说得也是，要是指着这个巴掌大的菜地过日子就没法过了。我说，是啊，就是个玩儿嘛。他说，不过也有收获，图个乐儿。我说，对呀。人闲着总不是一件好事。老哥，尤其像咱们这么大岁数，有点儿活儿干心里踏实，你说是不是？他说，可是。

在小院，跟邻居们聊天儿大都是这种方式，他们从小栅栏院门口路过时，看到我在里边干活儿，或者看我在小院里喝茶，抽烟，看报纸，就站在院子门口跟我聊几句。邻居老何看到我家小院门口种了几棵芍药花，说，开始的时候，我在栅栏那儿也种了一些花。我家乡有一种野花，离开家乡以后几年没见了，特别想看，家里人就给我拿来一大包种子，我就在栅栏那儿种了一排，然后就开始疯长喽，一直到秋天上霜了，上面还有花骨朵呢。没想到，第二年往下拔可就费了劲了。后来我干脆不种了。你看，现在我的地多利整啊。我说是，看着清爽多了。不过，老何，种点花还是好，养眼嘛。

中饭，炒了一盘儿从家里带的土豆片和干豆腐片，又炒了一个洋葱鸡蛋。这是内人最爱吃的。内人利用我做饭的空闲在地角那儿又补种了几棵玉米。那个地方长了一种极茂盛的植物，用手机的"识花君"看了半天也没给出个所以然来。由于它长得飞快（疯长），且铺漫的地方越来越大，打丫子的时候我已将它拔了。但我发现，越是野生植物它们生命力越顽强，根系扎得越深。拔它们的时候可是费了很大的劲儿，浑身都出了汗。内人就是利用这一小块地种的玉米，仅仅种了几棵，就是玩儿，指几棵玉米吃饭那就得饿死喽。

中午，内人把从家里带来的芽苗菜洗干净，准备蘸酱吃。只是这芽苗菜都太老了，虽然碧绿且嫩嫩的样子，吃起来却像干草一样。两个人像驴那样在嘴里咀嚼了一会儿，最后尴尬地对视了一下，都吐掉了。

吃过饭原本打算返回城里，但是工人要过来给我的屋门加安一个纱门，就再等一会儿。是呗，这一带的蚊子太多了。我们看到电视、电影，或者有些文章在谈到他们的乡间别墅和山居的时候，听我提醒你一句，别忘了蚊子，不提蚊子的乡居生活是不真实的生活。

　　工人师傅来得很快，活儿干得也熟练、利索，十几分钟就完活了。如此看来，普天之下能工巧匠真是无处不在，无处不有哇。

吃一顿女儿做的饭菜汤

今天下午，内人去她的妹妹家看望念大学放暑假回来的外甥女，就在那里吃晚饭。而我则利用这个机会去女儿家吃晚饭。去之前，我告诉女儿给我烤几个"恰巴塔面包"。上一次去女儿家我品尝过一次，觉得挺好吃。听说做这种面包所需的时间比较长（需要八九个小时）。这种面包挺特别，不加任何调料，而且面包的蜂窝孔比较大，是纯粹的原味面包。我喜欢吃这种带有浓浓麦香的面包，这才是正宗的面包。那种加了糖、果脯、黄油和其他香料的面包我并不喜欢。俗话说"民以食为天"，这"天"的内容包含得就太多，太厚，太广了。

到了女儿家已经是下午五点了。"新冠肺炎"疫情防控期间在小区里找一个停车位真是不容易。很巧，正好有一辆车要开走，我就停在这台车的后面等候。那是一个年轻女孩开的车，看到我在后面等着她开走，就坐在车里看起了手机，完全不着急的样子。我开始还以为她是在做一些开车前的准备，后来发现这时间也有点太长了，完全不是这么回事。这才意识到，她看到我在后面等，像是我占了她的便宜，她不想让我这么痛快地"占便宜"才这么做的。真是没办法，这时候，后面有车要过去，不断地按喇叭，我不能堵在车道上，只好往前开，停在这个女孩子车的前面一侧，然后开始在车里面玩手机。这种做法自然有老顽皮之嫌。可对于这样不讲公德的人，以毒攻毒的"教育方法"或还有效果。果然，女孩子的车开不出来了，再加上她的后面还紧紧地泊着一辆车，就是往后倒她也开不出去。于是她就按喇叭，我立刻打开了双闪。她一看我打起来双闪似乎明白是怎么回事了，不再按喇叭了。我就在车里面玩手机（她在后面是能够看得见的），玩够了，开始缓慢地往前开，开一开，停一停，这个女孩子在后面一声不吱。后来我觉得已经把她折磨差不多了，估计行为教育的效果也很好了，以后她一定会记住这次教训，那就算了。

一进女儿家的门，女儿照例用酒精上上下下给我喷了一遍，消毒。好像医生要进手术室做手术。女儿已经把意大利恰巴塔面包做好了，让我尝尝。我撕下来一块儿放在口里品尝了一下，咸咸的，非常好吃。不过我还是吃到了一种香香的调料味。我问，这里加了什么呢？女儿告诉我，老爸，这是你从俄罗斯带回来的调料，我加了一点进去。哦，原来是这么回事儿。说来有趣儿，在俄罗斯买这种调料的时候我并不知道这种调料是干什么用的。这下好了。我跟女儿说，我回去告诉你月姨（孩子们对内人的称呼），让她也这么做（要知道这几个女人都是面包控）。除了恰巴塔，女儿还做了一种酸面包。这种面包也很好吃，不加黄油，不加糖，纯原味的。说到这儿，我想说说我的两个女儿。虽然两个女儿是同父同母，但是她们做面包的方法和喜好却不同，小女儿做的面包一定要加黄油，加奶粉，加糖，而大女儿绝对不加这些东西，就是原味儿的。一个有情趣，一个有个性。

女儿说她写了一篇小文，关于恰巴塔面包的。她说之前她看过一部德国电影，一个外乡来的老人走进了一家面包店，看到柜台上摆着各种各样的面包，他不知道买哪种才好，就问老板娘，有没有原味的面包。老板娘就给他拿来了恰巴塔面包。女儿说，我那时候还很小，但记住了这个恰巴塔面包。我现在开始做面包之后，就一直惦记着恰巴塔面包怎么做，后来我在网上查了一下这种面包，虽然不加各种各样的调料，但是做起来却比较复杂，需要不断地揉面，不断地发酵，这样做出来的面包，松软，蜂窝孔也特别大。我说，我在德国一家商店看到橱窗里有一种大面包，最大的蜂窝孔有鹌鹑蛋那么大。女儿说，那就是恰巴塔面包。

我因好奇，又上网查了一下，上面介绍说：这款面包在很多地方我们习惯叫它拖鞋面包，因为它的样子像夏天人们穿着的拖鞋，但最标准的英文名是 Ciabatta，这是一个最原始的名称，慢慢地，人们开始变化了，在这款面包的基础上，人们发挥自己的聪明才智，做出了很多款不同味道的恰巴塔面包。比如在面团里加入亚麻籽、核桃、黑橄榄等干果。"恰巴塔"是英文名称的直译，也是很中式化的叫法，国内不少面包店都有类似的叫法。从它的来历看，这款面包出自意大利，是意大利面包的代表。意大利的面包很有特点，正如意大利面和比萨饼一样，种类繁多，也非常好吃。意大利盛产橄榄油，这款面包由于加了橄榄油，所以吃起来有特别的香味。

我知道橄榄油是很好的（法国一位记者写的《山居笔记》里就介绍过他居住的那个村子里产的橄榄油），但我还是喜欢吃中国的大豆油。

开饭。

女儿问，老爸，是吃面包啊还是大米饭，我也做了大米饭。我说，面包我带回去吃，就吃大米饭吧。女儿还做了酸菜白肉汤。呀，酸菜白肉刚吃过，但我依然装作很惊奇的样子，说，太好了，这几天一直惦记着喝酸菜白肉汤呢。女儿还专门给我拌了个凉菜，拍黄瓜，加上花生豆和木耳，这样吃起来比较清香。我告诉她，拍黄瓜的时候把黄瓜装到食品袋里卷好，然后再在菜板上拍，这样可以避免黄瓜渣溅得哪儿都是。女儿说，你都告诉过我了。我说，哦，老了，忘了。

女儿做饭的水平越来越高了。小女儿曾告诉我她姐姐现在有点孤单，单位也不上班，自己一个人在家里待着，什么事儿也没有，有一点孤独。可是在疫情防控期间，这种宅家的现象很普遍，不单是我大女儿。好在她喜欢做一些面包，这也是一种很好的消遣，一种乐趣吧。

吃过饭，爷儿俩在凉台上聊天，聊小院。我说你随时可以过去，找几个同学在那儿一块吃吃烧烤。女儿说，烧烤？哎呀，我这有烤肉炉子，还有炭呢。于是她找出了一小袋炭，又找出来蜡（点炭用的）。女儿说，我这还有电烤箱。于是又找出了电烤箱，女儿说，都是新的，都没用过。

女儿的那个铸铁的小烤炉子是日本的，很小，两个人烤正好。女儿还当着我的面给我演习了一遍怎么烤。其实很简单的，不难学。随后她又给我找来一些竹签子、油刷子之类。这时我突然想起来，早上我在家里泡了大芸豆，准备吃一顿大楂子粥（时间长了就惦记吃一点，东北人嘛），就问，你这儿有没有大楂子？女儿说，太有了，而且我买的是黏苞米。我们同学告诉我，疫情防控期间多准备点扛保存的粮食，我就买了一袋。于是，她找出来给我一部分。我知道女儿的生活习惯是晚上睡得比较早，早上三四点钟就起来。就说，丫头，那我就走啦。

我提着沉沉的一编织袋的东西往下走，走一段，休息一段，走一段，休息一段。真的是老了呀。但心情非常愉快，也可能是和女儿聊天的愉快罢。这也是天伦之乐的一种啊。她母亲去世了，两个女儿就是我的至亲了。

西式的生日

今天是内人的生日。我征求她的意见，您是要礼品呢，还是想去吃一顿美餐？她说，还是去华梅西餐厅吧。老爷，您不是总念叨吃一顿华梅西餐吗？我说，那好，恭敬不如从命。于是乎，便和内人去中央大街上的华梅西餐厅。

西餐厅两侧的卡座上基本坐满了人。先前可不是这样的布置，是在大堂里放了几张铺着白色餐布的餐桌。那个柜台还在，只是腌着酸黄瓜的大玻璃罐子不见了。既来之，则安之。我和内人点了罐焖羊肉、法国煎蛋、软煎里脊、红菜汤，以及面包和果酱。我猜，铁扒鸡当然没有吧？果不其然，这也在预料之中。可能这个手艺几代下来已经丢掉了，可能是这道菜的工艺太复杂也未可知。

红菜汤的颜色很好，浅浅的一勺尝下来，味道也还不错。毕竟是记忆中的那个味道。当然，汤上面应该漂浮的一层乳白色的奶皮儿少了一点儿。不过这已经可以了。让我最担心的，也是最值得称道的，是我最喜欢吃的罐焖羊肉。更让我没想到的，上来的居然还是几十年前的老陶罐儿，绛紫色的陶罐有些斑驳了。是啊，这小小的焖羊肉的罐子已经服务过几代人了，或者在大雪纷飞的冬天，或者在雷雨交加的日子里，那些来自高加索和西伯利亚地区，以及乌克兰、俄罗斯，包括欧洲一些国家的侨民，还有流窜这里的白匪，以及俄裔犹太人，连同沙俄时代的贵族，包括那些普通的筑路工人，都曾在这曾经的茶食店的餐馆里要上一份滚烫的罐焖羊肉或者是罐焖牛肉，这种高热量的食品不仅可以驱体内的寒气，增加体力，亦可聊慰乡愁。吃饱了，呆呆地看着窗外的风景。是啊，餐馆外面的这条路修筑起来多难哪（在这些侨民眼里，窗外的中央大街俨然是一条艰难的回家之路）。即便是在今天，我们仍然可以从老照片里看到那些铺在泥泞的土路上的木板，木桩的路基、路面。是啊，在还没有形成"中央大街"之前，路面是何等地泥泞啊，毕竟这是在滩涂上，在不断翻浆的冻土上修路，似乎这样复杂的工程并不亚于荷兰的围海造田。我曾经说过，这条街上的每一块方石相当于一个银元。虽说这样的说法看似浪漫，却也是不争的事实。倘若将所有的筑路工序，连同人工、运输、建材等各种成本叠加在一起，再分别集中在每一块方石上，说它价值一块银元，就并非仅仅是文学家的浪漫了。

罐焖羊肉的确是滋滋作响冒着热气端上来的。我尝了一口，羊肉很烂，味道很正。里面有大辣椒块儿、洋葱和土豆块儿，这是对的。遗憾的是没发现有胡萝卜块儿，也没发现豌豆。好在味道依然是先前那个味道。对我而言，这已经是一个大大的意外了。我跟内人说，这个罐焖羊肉还真就是先前的味道，做得不错。软煎里脊也软硬适中，只是上来的法国煎蛋和我先前吃的法国煎蛋并不一样，先前的法国煎蛋是放在一个亮晶晶平底的钢精锅里，滋滋作响端上来的，吃的时候，餐客在上面撒上盐和黑胡椒粉，这样吃是享受一种原汁原味儿。而眼前的这道法国煎蛋显然是经过了改良，上面浇了用红肠丝兑制的浓汁儿。这样做要复杂一些。平心而论，吃在口中或多或少有点儿困惑，不过味道还可以。当然，这要看对谁而言了。内人说，面包不错，我终于吃到了那种久违的老面包味儿。可我认为，果酱和奶油有些差强人意。奶油似乎是北京产的那种稀的甜奶油，而真正的奶油是硬硬的，便是用餐刀抹也要费些力气。果酱稀稀的，并非是那种黏稠的草莓果酱。不过这已经可以了，很满足了。我在想，华梅西餐厅之所以还保持着这种传统的西餐味道，是因为它近百年来始终在营业，手艺也一直在一代一代地传承着，并且坚持了自己的个性，尽管坚持得不那么彻底……

我端起酒杯对内人说，生日快乐！

外面下雨了，鱼脊式的方石路上浮动着一街形形色色的伞，设若俯瞰下来，多像一条流动着的彩色河流。

人间俗话

今天的早餐是大楂子芸豆粥、煎鳕鱼和我的"老三样"。内人喜欢吃大头菜（关里人称包菜）、粉条馅的素包子。我准备做两种，蒸饺和包子。馅儿是大萝卜、木耳、五香豆干丁、小海米，再加一点海参。海参是四分之一只，借个味儿而已，但一定比饭店加得多。大萝卜不必焯水，用搓板搓出丝后用盐杀一下就可以了，若焯水就会太黏，感觉不出大萝卜特有的脆生味。

说来，大萝卜有多种吃法，例如萝卜豆腐汤就非常好喝。记得小时候我和两个哥哥帮助一家食堂抢烧柴的树皮，抢一棵树皮一毛钱，树皮归我们所有。中午饭就在人家食堂吃。穷人的孩子自然舍不得花钱，就捡人家职工掉在地上的饭票（那是个贫穷年代，没有人嘲笑小孩子捡地上的饭票。小孩子本身也不觉得捡地上的饭票丢脸），用捡来的饭票买了萝卜汤。那时候觉得大萝卜豆腐汤可真好喝啊，只是到今天我仍然喜欢做豆腐萝卜汤。大萝卜的另一种吃法，是家里炖鱼的时候将大萝卜片垫在鱼下面，等着汤快熬干了，渗着鲜美鱼汤的大萝卜片也变得非常好吃。好事者不妨一试。

虽然说是两个人的饭，其实也是很难做的。有道是一只羊也是赶，两只羊，一群羊也是放。人多的饭菜反而好做。再加上现在天气渐渐地热了，冰箱不能有效地保鲜，饭菜做多了就要扔掉，很可惜。做少了又觉得不够，那就多做一点。吃不了那就是一个纯粹的浪费，心疼啊，心里非常不安。

今天我决定少做，大头菜只用了两片叶子，萝卜只切了薄薄的两片儿，煮少许的粉条，不一定全用上，需要多少就用多少，剩下的还可以做其他的菜用。再炒一下小海米，切一点五香豆干丁。这是我喜欢吃的一种方式。但是，即便是这样，这两种包子馅儿和出来还是有点多。真是没办法。

内人说，如果做蒸饺的话一定是烫面的。包子咱们晚上吃，多发一点面。多了没关系，给大女儿送去，让她也尝尝咱们的手艺。我说，不是咱们的手艺，是老爸的手艺。因此，任何时候都不要说老年人是老辣的，老年人有时候也很孩子气，很幼稚，很天真。

早晨，内人发现她伺弄的小萝卜芽苗菜长势很好，绿油油的，十分爽眼。就剪了一缕空嘴吃了起来，挺好吃的，辣辣的，清香得很。

吃完早餐，内人叫我到楼上喝咖啡。咖啡豆是她去肯尼亚带回来的，说是非常好喝。我喝不了这种东西。不过当年我去法国，在老佛爷商场的底层超市看到一个咖啡机，很便宜，也很漂亮。可是我和小女儿都不愿意喝咖啡，就没买。现在想起来还真有点儿后悔了。我想，非洲的咖啡豆配上法国的咖啡机，这样做出来的咖啡一定很好喝吧。

我就是喝茶。

说起来，人这嘴呀太疲劳了，又说话，又吃饭，又要品尝一些零食，还要喝咖啡，喝茶（有的人还要抽烟，嚼槟榔，嚼口香糖），真的是很辛苦。时间久了，这不，我的牙不舒服了。昨天就觉得牙不太灵，吃小炸鱼就感觉有一点隐隐作痛。看来得治牙了。内人的医大同学自己开了一个牙科诊所，治牙技术很高。内人决定联系她治牙。有道是"牙好，胃口才好，身体倍儿棒，吃嘛嘛香"。

说到治牙我有一点小恐惧，一想到躺在治牙椅上，俨然刑讯一样，张着大嘴任凭电钻哇哇钻牙，就不寒而栗。

野芍药

　　天阴了，感觉要下雨。果然，一出门就开始滴雨点了。到了小院，内人就像见到久别重逢的孩子，满心的欢喜，一脸慈祥地观看小菜园里的蔬菜，尤是她种的那两棵樱桃和紫藤花又长新芽了。她不时地发出尖叫，喊我去看。是啊，生活不就是一门妥协的艺术嘛。我就应景去看。我发现樱桃树干上的确长出了几枚紫红色的小芽，紫藤花的树干上也绽放出绿色的叶子。遗憾的是，我种的那两棵花椒树和香椿树却毫无动静，光秃秃地临风而立，有一点孤单，似有一点惭愧也未可知。但是你若往深里想，你会发现它还是有一点个性的。

　　小菜园里的豆角长得满精神，且长势迅猛，有的都爬到豆角架上了，有一米多高了，还有的开出了紫色的小花（每一枚小花就是一个豆角儿啊）。靠着栅栏院栏杆的那几棵豆角甚至往栅栏上爬了，估计要伸到院外去了。越界总是不好的罢。小到个人，大到国家，界，永远是大原则，大恪守。于是，我找了几根竹条，做成弯月形，插在地上，希望它们往院子这边爬。我当然知道植物有自己的生长规律，至于它们究竟能不能往这边爬，只能悉听尊便了。

　　小院墙角上的那几盆野花长得也非常快，几乎不需要人照顾，它们的自理能力很强。野地的花儿早当家呀。我想，野花的生命力之所以如此强悍，一定是遗传的力量。这跟人一样，你的基因好，你的生命力就强，生活质量就高。植物也如此。记得在加拿大访问的时候，和我们一起同游哥伦比亚冰原的那二位华人姐妹都是医生，姐姐是个医学博士，水平很高，路上跟我聊天的时候说，以后找对象就得看基因了，对方家的几代人有什么样的疾病都需要认真地考察，然后再决定嫁不嫁给你，或者你娶不娶她。我觉得她说得很有道理。这位医学博士每年都要回国讲两次课。聊天的时候她还说到，要想学英语最好是看英文版的小说，只有这样英文水平才提高得快。她的妹妹不太吱声。妹妹是当地一家卫生所的大夫，一直笑眯眯地听着，从不搭腔。看样子她很佩服姐姐，而姐姐也没因此表现出一点点谦虚。我想，就是一种职业自信吧。

记得有一年到加格达奇去，车子行驶在大兴安岭的荒野上，当时是初夏时节。我发现了一个慢坡上盛开着一大片艳丽的野芍药花。那时我的母亲刚刚去世，于是我请司机停下车，去采了一些野芍药。回到家插在花瓶里，放在母亲的遗像旁。我母亲是满族人，满族人喜欢花儿。没想到过了半个多月，这瓶里的野芍药依然健硕且艳丽。我想母亲一定会很高兴。这里我要说的，就是遗传的力量。

内人在小菜园忙，我则坐在阳光房那儿喝茶。是啊，喝茶不能解决什么问题，但是它可以让你静下心，安静下来，感觉到自己就像这小菜园里的一棵植物，慢慢沐浴着阳光、雨露和天籁之风。这是一种无与伦比的享受啊。

内人忙过之后，开始忙着挂阳光房里的窗帘。那是一个褐色的纱帘儿。外面的阳光透过纱帘儿朦胧柔和地射进来，给阳光房里增添了一种别样的韵味儿。阳光房里的人物、家具、茶，有了某种欧式油画儿的味道。内人说，我想在这儿给你安上个活动床，中午你可以在这儿睡。屋子里有些阴凉，你会受不了的。内人的性格比较急，说干就干。立刻用手机购物，选择活动床。反对是没有意义的，就像你反对领导毫无意义只会伤及自己一样。记得有人说过这样一句话，以斗争求团结则团结存。但这种观点只适用于革命运动，在家里还是中庸之道的好。

静好的夜

开车去小院，顺路买了一点五香干豆腐和蚕蛹。内人爱吃蚕蛹（还有咸鸭蛋和瓜子），我则喜欢干豆腐。年轻时，我的朋友大都喜欢吃五香干豆腐。记得有一次，一位很自负的朋友认真地说，凡是喜欢吃干豆腐的人，一，可交，二，聪明。我喜欢这样的说法。我的赞同也是认真的。一笑。

向晚无事，在小院一起看看电视剧。内人还特意准备了新炒的瓜子。内人是一个瓜子控。过去她一个人宵夜的方式，就是一把瓜子，一个咸鸭蛋，一瓶啤酒，边吃边喝看美剧。通常她还喜欢一个人开车去大剧院听歌剧，听音乐会（她跟那些票贩子很熟）或者看电影。内人很喜欢音乐，自己也弹琵琶。我对乐器是个外行，至于她弹得好不好我无法评价。不过说心里话，我觉得她弹得比不好强多了。内人那几个资深的闺蜜也有同样的爱好（正所谓人以群分）。记得小院初建那些年，内人经常把她那些医大的同学叫到小院（这些同学都已经是各大医院的主任，或者当了院长了）。她们难得放松，于是，聚在一起烤羊肉串儿，烀大鹅，喝啤酒，讲笑话。内人还时不时地把她的那些乐友们纠集到小院里，在一起吹拉弹唱，引来周围的邻居围观（包括鼓掌）。这恐怕也算是现实生活中女性生活之一种罢。我不知道有多少女性也在追寻这样的一条生活轨迹。我想，这样生活的女性大约家庭条件都比较好。男人就不同了，男人几乎是奋斗一生的浓缩版。当然，男人们退了休以后就没必要再奋斗了，既然不奋斗了，他们就没事可做，或多或少有一点茫然。记得我的一个老哥哥跟我聊天的时候说，我们现在就剩下好好活着了，国家每月还给我们发钱，我们得好好活着。你说对不对，老弟？后来我也常把老哥哥说的话说给那些已经退了休的兄弟们听。

后来，内人的那一伙闺蜜和乐友兴趣渐渐淡了。为什么淡了呢？我想是这些人的年岁越来越大了，变得越来越“成熟”了。成熟是一个人兴趣的最好杀手。既然是门庭冷落，内人就把小院租了出去，甚至一度想把房子卖掉。是我及时地制止了她的这种草率的行为，并重新进行装修。我严肃地认为，什么样的情况之下，一个人还是应当保持对生活的热爱。

在小院，内人向我介绍了一部美国电视连续剧《千万不要对我撒谎》。她说她一直想让我看这个片子，只是一时没找到，现在终于找到了，告诉我一定要看。其实我无所谓，如果一定问我喜欢看什么片子，我还是喜欢看日本的电视连续剧和电影，当然是那种正片，不是荒诞的，也不是科幻的，更不是暴力的，因为日本的文学和艺术，包括日常生活都和中国人贴得很近。我觉得我们在叙述手法上应该向日本人学习，亲切，自然，朴实，可信，有诗意。比如川端康成的《伊豆的舞女》就是一个很好的例子。

这部美国电视连续剧是一部讲述凭微表情来揣测和判断他人内心活动的片子。这样的一个专业团队，通过人的眉毛、眼睛、嘴巴、鼻子、手势等一些微妙的变化，来猜测这个人是否在撒谎。不仅如此，他们主要的工作是帮助 FBI 和警察部门探察那些嫌疑犯的内心活动，包括一些陷入某种麻烦和丑闻当中政客的真实内心。我对内人说，这是给傻瓜看的片子，完全没有用。人的表情、手势、身体上是有一些共同点，似乎也存在着某种规律，但是对训练有素的人、个性极强的人则毫无意义。这种做法只会把你引入误区。内人不认同我的说法。是啊，这个世界上彼此不同意对方看法的人真是海了去了。那就随她去吧。

咖啡与读书

早餐挺忙，烧水，喝茶，冲豆奶粉。内人喝咖啡直接用热水冲就可以了（有的时候她自己研磨咖啡豆喝）。我对咖啡并不感兴趣，包括咖啡蛋糕、咖啡饮品，凡与咖啡沾边儿的食物我都不喜欢。当然，我不喜欢不等于大家都不喜欢。说到这儿，我想起了在炼油厂车队的时候，小车司机 E，从部队转业回来后被安排给领导开小车。他似乎跟车队这些开卡车、开吊车、开"581"三轮车的司机都不太合群，不过，他见到我们总是笑眯眯的，几乎挑不出他什么毛病。就是说他在跟我们"有距离地接触"。E 有一个"有趣的"习惯，只要下雪天，路面湿滑的时候，他百分百地请假。他的小车就得由我们这些卡车司机当中的一个顶替他开。这样一来，大家对他的印象就更差了，那笑眯眯的笑看上去也觉得很虚伪。不过，他也有真实的一面，有一次 E 在跟我闲聊的时候说，他在一部"二战"影片中，看到美国飞行员在飞机里一边嚼着那种圆圆的咖啡豆，一边开着战机。我注意到 E 讲这个细节的时候他的表情很羡慕，很向往，这给我留下了很深的印象。是啊，人们在日常生活中，印象深，且终生不忘的事情并不一定是什么了不起的，有意义的，重大的事，反倒是一些看上去毫无意义的细节让他们终生难忘。说来有趣，多少年过去以后，一次我在一家商店发现了这种咖啡豆，像大衣的扣子那么大，我立刻买了一点。尝尝，挺好吃的。我一边嚼一边想，年轻时那些同事和朋友通过他们的某些行为、爱好、言谈、衣着、表情，差不多就可以看出这个人未来能做些什么，想做些什么，他的梦想是什么。后来，司机 E 果真当了干部。一夕，下班时间我开小车送领导回家，在路口等红绿灯的时候，远远地看到了 E 提了一个兜子，就是那个年代干部们常提的那种兜子，人造革的，竖条纹，上面印着北海的风景。E 似乎是刚下班，正准备过马路。这时候的 E 无论从身材、表情、衣着，还是他所提的兜子上，完全是一名正儿八经政工干部的形象了。我很感慨，正所谓，有志者事竟成啊。

吃过早餐后，歇口气，抽一支烟，喝一口热茶，躺在沙发上开始看书。这本书是我无意中从书架上抽出来的。说实话，我对现在新出版的一些图书有些迷茫，兴趣似乎也渐渐地淡了。不过这本书倒是吸引了我。这个曾经在二十世纪三十年代到哈尔滨生活的日本女人写得至少说还比较真实，让我看到了那个年代哈尔滨普通人的衣食住行和城市布局，连同房屋和侨民们的生活状态。翻译者的水平也不错，基本上是原汁原味的。当然，女主人公在她的叙述当中也是有所隐瞒，有所遮蔽的，譬如说，她的丈夫当年在"哈尔滨学院"供职，表面上是教授俄语，其实我是知道的，那所学校是一家日本的特务机关。女作者和她丈夫的家庭条件都很富裕，在哈尔滨的生活虽然作者说"过得很朴素"，但他们毕竟过着富裕的生活。尽管作者在文章中有一点装穷。他们一家，包括他们的孩子，在哈尔滨过着悠闲的，甚至很艺术的生活。我之所以说有收获，是我看到书中提到许多当年的生活用品、街道的名称、房子和当时的学校。这些过去我是从未听说过，但它们一定是真实存在的。

看这本书的时候自己的感觉怪怪的，一时说不清楚是什么。不过，我倒是看得很快，已经看了四分之三了。这一点让我想到了我新近看的那些书，实话实说，且一点儿偏见没有，也没有丝毫不敬的意思，至于说个人恩怨就更没有了。可是我为什么就看不下去呢？硬看都看不下去。我想，大抵还是个人欣赏水平有限吧。有时候走在街上突然想起这事儿，就会很无助地捂住自己的脸，长叹一声说，我他妈的啥也不是呀。被宣传得那么好的一本书，我居然看不下去，这不是很没面子的吗？

随笔随感

　　内人买的躺椅就放在阳光房里。我半躺在上面，边喝茶，边看书，间或看一眼窗外的绿，也算是别一种享受罢。内人又在东侧阳光房里忙着做她的面包，恰好有朋友送给了她自制的野生玫瑰酱。

　　这次翻看的是周作人先生写的一篇随笔。周作人先生因为身体不是太好，曾到北京的西山碧云寺住过一些日子。休养期间，写了一些小文章，小散文。其中一篇小文特别有趣，不妨抄来一聊。在那篇小文中，周先生讲了一个姓秦的小伙子在西山卖汽水的故事。估计当年西山也是游人常去游玩的地方，尤是红叶烂漫的秋天。我看，周先生描述那个小伙子是有安排，有思量，有策划的。例如"一到夏天，来游西山的人很多，汽水生意也很好。

从汽水厂用一块钱一打去贩来，很贵地卖给客人。倘若有点认识，或是善于还价的人，一瓶两角钱也就够了，否则要卖三四角不等。礼拜日游客多的时候，可以卖到十五六元，一天里差不多有十元的收益。这个卖汽水的掌柜本来是一个开煤铺的泥水匠，有一天到寺里来做工，忽然想到在这里来卖汽水生意一定不错，于是开张起来。自己因为店务及工作很忙碌，所以用了一个伙计替他看守，他不过偶然过来巡阅一回罢了。伙计本是没有工钱的，伙食和必要的零用，由掌柜供给。

"我到此地来了以后，伙计也换了好几个了，近来在这里的是一个姓秦的二十岁上下的少年，体格很好，微黑的圆脸，略略觉得有点狡狯，但也有天真烂漫的地方。卖汽水的地方是在塔下，普通称作塔院。寺的后边的广场当中，筑起一座几十丈高的方台，上面又竖着五座石塔，所谓塔院便是这高台的上边。从我的住房到塔院底下，也须走过五六十级的台阶，但是分作四五段，所以还可以上去，至于塔院的台阶总有二百多级，而且很峻急，看了也要目眩，心想这一定是不行吧，没有一回想到要上去过。"

闲笔不闲。写得何等从容啊。

"后来，这个小伙子被掌柜的辞退了，大家都觉得奇怪，后来仔细一打听，才知道因为掌柜的知道了秦的作弊，派他的侄子来查办的。三四角钱卖掉的汽水，都登了两角的账，余下的都没收了存放在一个和尚那里，这件事情不知道有谁告诉掌柜了。侄子来了之后，不知道又在哪里打听了许多话，说秦买怎样的好东西吃，半个月里吸了几盒的香烟，于是证据确凿，终于决定把他赶走了。

"秦自然不愿意回去，说了许多辩解，但是没有效。到了今天早上，平常起得很早的秦还是睡着，侄子把他叫醒，他说是头痛，不肯起来。然而这也是无益的了，不到三十分钟的工夫，秦悄然地出了般若堂去了。

"我正在门外散步。秦从我的前面走过，肩上搭着背囊，一边的手里提了盛着一点点的日用品的一只柳条篮。从对面来的一个寺里的佃户见了他问道：'哪里去呢？''回北京去！'他用了高兴的声音回答，故意地想隐藏他忧郁的心情。我觉得非常的寂寥。那时在塔院下所见的浮着亲和的微笑的狡狯面貌，不觉又清清楚楚地再现在我的眼前面了。我立住了，暂时望着他伫伫地走下那长的石阶去的寂寞的后影。"

周先生写得如此传神，自然，朴实，毫无人为斧凿之痕迹。的确是高手，让我辈叹服。

说到西山的碧云寺，九十年代初，我曾经在碧云寺小住过几天，是女儿和我同行。当时寺里的和尚已经不多了，大部分的和尚都被遣散了，只留下零星的几个看守人员（估计也是无家可归，无处可去的和尚或居士吧）。但无论如何，碧云寺是一个幽静的所在，只是当时已经不是一个纯粹烧香拜佛的地方了，寺里大部分的房间已经被改成了客房的模样，并有抽水马桶、洗漱间和电视，不过，横看竖看还是寺院的风格。正殿住着一个当地年轻的企业家。或者是我见到的企业家太多的缘故，已经不知道这一位具体是谁了，单知道他的女秘书也住在那儿，大约是负责打点一些相关的事务，也照顾一下这个年轻企业家的个人生活。我看过她从大殿的底层台阶端着早餐往上走的样子，估计是每天早晨她都要给这位企业家送餐的吧。女秘书很年轻，一脸的心思，从举止言谈上看去倒也是一个实在的人罢。她似乎不太计较别人对自己作为一个女秘书的看法，再说企业家有几个女秘书这也是当时的一种流行。这个女秘书大约有三十岁的样子，看上去对她的主人有些三心二意，并且对主人的某些方面似乎很不满意，但又不可以当面表达出来。不过，这位企业家倒是一个很不错的人，对我们很客气，有时候还聊上几句，比如说我们住宾馆的时候，他就说，你们签单就行了，一切由我来结账。他是这么说的，也是这么做的。有一天我和女儿去烧香，拜一拜菩萨。那是一个小寺，时间久远，具体叫什么名字记不得了，只记得旁边站着一个老尼姑，看着我们爷儿俩来烧香的时候很是欣赏，很是亲切的样子。她说，你们烧的香可真好。我说，这怎么说呢？她说，你看，这个香烧成了莲花形。我一看，果然，香头上烧过的香灰柱绽开了莲花形。至此，我烧香若成莲花形便认为那一定是很吉利的。现在似乎有隔世之感了，想不到我和女儿曾还在西山的碧云寺住过一次的。总之，碧云寺已经恢复了寺院的功能，至于说那个企业家和他的女秘书之后的命运如何，就不得而知了。

西山是有故事的山哪。

鱼
籽

在小菜园，我事先将化了的"多春鱼"收拾好。多春鱼颇像黑龙江的"穿丁子"（鱼），只是它比穿丁子的籽多，满肚子都是黄黄的鱼籽。这么小的鱼怎么会怀这么多的籽呢？自然界不仅神奇，也是一个谜呀。通常饭店做多春鱼是不收拾的，洗干净就可以了（当中有一个用盐杀一下的过程）。柳根儿、葫芦仔这些冷水的山水鱼都是这样，不用收拾，很干净的。但这毕竟是在家里做，还是把它收拾一下为好。将鱼肚子里的鱼籽全部掏出来。这些鱼籽加起来大约有一个鸡蛋那么多，我本想是把它们一块儿炸了，但内人说，她小时候去乡下，乡下大舅是用大酱和鱼籽一块儿炸酱吃的，非常好吃。既如此，不妨一试喽。把油烧开，放入葱花，出香味后，放大酱，翻炒几番后，将洗好的鱼籽放入里面，加少许糖、生抽继续翻炒，鱼籽变色后点缀一点儿蒜末，出锅。炒出来的鱼籽酱黄莹莹的，煞是好看，用生菜、大葱、野菜蘸着吃，也可卷饼、卷干豆腐，越吃越香（内人语）。可是，以我的经验，最好不要招惹鱼籽，那东西怎么做都免不了有一股腥味。

刚刚吃过饭，一个外地的朋友打来电话说，我马上过去，还有几个朋友，咱们在一起吃个饭，喝点酒，聊聊天儿。我一看表，已经十一点半了，这时候通知我过来吃饭，是不是有点儿太仓促，太强人所难了，万一我在外地，万一我有事，怎么办呢？我就曾经因为人在外地，有朋友来找我，人家以为我是推辞，把人家给得罪了。毕竟是多年的好友，只能热情地表示，欢迎，欢迎，欢迎。袁枚先生说："凡人请客，相约于三日之前，自有工夫平章百味，若斗然客至，急需便餐，作客在外，行船落店，此何能取东海之水，救南池之焚乎？"所以先生认为，面对这种情况，"必须预备一种急就章之菜，如炒鸡片、炒肉丝、炒虾米豆腐，及糟鱼、茶腿之类，反能因速而见巧者，不可不知也"。这让我想起了我的一个老领导，他是一个真正的酒徒。所谓物以类聚，人以群分，他有许多酒友，经常相约聚在一起喝酒，当然也有人有求于他，请他喝酒，每到有人打电话请他喝酒的时候，他就生气地说，哪有这么约别人喝酒的？请我喝酒必须提前一个月，不然能排上吗？后来，他终于因为喝酒过多，发生意外，离世了。

　　不过，想这些，说这些闲话，有什么用呢？赶快准备吧。内人就在旁边哧哧地笑。看来，某些人的幸福和欢乐，不单是建立在别人的幸福和欢乐之上的，有时候别人的痛苦烦恼也会引发一些人的快乐。

初次偷书

　　说到读书总是有说不完的话。记得在交通学校读书是有助学金的（很怀念那个美好的时光），每个学生每月七块钱（后来升到十二块钱）助学金。这相当可以了，工厂学徒工的月工资才十八元。再加上母亲每个礼拜给我两块钱的伙食补贴，作为伙食费应当是够了。在学生食堂，一个白菜炒粉条七分钱，有肉的菜也不过一毛二。加上每个星期六放假回家，星期一返校。扣去这些不花钱的待遇，这些钱应当够用了。但还是有点紧张。毫无疑问，爱好也是一种消费呀。我从伙食费当中省出一部分钱来买书。在那个时代，普通家庭提供给念书孩子"爱好"的费用几乎是零，所以我只能从伙食费当中去节省。我必须声明，这不是什么了不起的事情，更不是励志故事，仅仅是一个普通学生的普通行为而已。

我读书的那所学校在郊区。学校的旁边是一片当地人的坟地，那里是纯粹的郊区。如果要去城里的新华书店，就要换两次公交车。两次车就要花两次车费，往返就是花四次车票钱。说多不多，说少也不少。于是，我就穿上运动服，装着锻炼身体的样子跑着去城里。从学校到城里的新华书店至少有二十公里的路，往返四十公里。但这不是主要的，主要的是钱少。更主要的是，新华书店对青年学生是一个巨大的诱惑。新华书店就像堆满了金银财宝的"太阳山"一样，哪一本书你都喜欢（现在去新华书店你会发现有不少是让人厌恶的书。但在那个时代是没有的，绝没有这种事情）。因为没那么多的钱，一次只能买一本。例如说鲁迅的书，今天跑过去买《朝花夕拾》，过些日子再跑过去买《故事新编》，再过些日子去买《中国小说史略》。书买回来之后就放在单身宿舍里，后来不知道被谁给偷走了。真是可惜，比丢了当月饭票菜票还心疼。

我第一次偷书是在"文革"期间。说句笑话，那是个偷书的好年头。"文革"期间学校完全处在无政府主义状态。校长、老师全都靠边站了，甚至都不见了他们的踪影（有些老师天生就很聪明，惹不起还躲不起吗）。在这个节点，我意外地发现学校一个小仓库里放着好多好多的书，这很是让人心神不宁。于是，一天晚上我和另外一个同学悄悄地把那个仓库小门撬开（很好撬的，几乎没费什么力气就弄开了），到了"太阳山"了，兴奋极了，两个窃书贼打着手电在书堆上挑来挑去，分别挑了好多自己喜欢的书。我记得其中有一本是《清代通史》，萧一山著。这套厚厚的精装本应当是上中下三册，但只有两册。我觉得这是好书，自然收入囊中。也许是侦探小说看多了，我还跟那个同学商量，一定不要留下自己的脚印和指纹，要把这些痕迹全部擦干净，然后悄悄地退了出来，再把小仓库的门重新钉上。其实根本没人管这些事。现在想起来真是后悔，应当把里面的书全部偷走才好。比如老师要问，那就说当"四旧"全都烧了。谁会管这些事呢，再说谁敢管这些事呢？

这部窃来的《清代通史》，我借出去两次，第一次我借给了下放到无轨电车上当售票员的一个军工毕业的老大学生。当时他四十多岁了，他看到了我带到车上读的这本书就借去看。还给我的时候，书是用丝巾包着的。他说，一定要珍惜，这是一本好书。第二次借给了一个女司机，黑黑的，胖胖的，原是个老姑娘。她本人并不爱好读书，是给她新婚燕尔的丈夫看，说她丈夫喜欢文学，越难的书越喜欢读。结果就没了下文，我也无法向一个女人讨债。一次彼此见了面，我有点不好意思，她倒没事人儿一样，依旧开心地大笑着。在心理素质方面我应当向许多人学习。

雨中看牙医

　　约定好吃过中午饭就去看牙医。今天中午吃烙饼。我喜欢吃油饼，特别是葱花馅儿饼。这种老式油饼是有讲究的。首先面要选择得好，是那种普通的面粉，太精细的面粉其实就大可不必了。和面的时候要先放一半儿的热水，再放一半儿的凉水，掺和起来，这样揉。直到揉得非常光滑为止，然后把它擀成薄薄的大饼。在饼上面撒上花椒面、葱花、盐，我还要放一点味素，再淋上花生油。然后把它卷起来切成一个一个的小段儿，拧成一个个小面团儿，压实擀成饼，就可以放到锅里烙了。很脆，很香，很好吃。喜欢吃卷饼的可以炒一点黄豆芽、黄瓜丝、大葱丝，抹上鸡蛋酱（喜欢吃辣的可以抹上辣椒）。若是奢侈一点，可以炒一点瘦肉丝。但寻常日子，似无必要。

中午照例要睡一会儿，不然下午就会觉得精力不够，这已然形成习惯。

出发去看牙医的时候外面开始下雨了。前面说过，这家牙科诊所的医生是内人在医大读书的同学。她的医术很高，那些在各大医院当主任，当领导，当主治医生的同学也常到她这来看牙。怪怪的，人呀，可以这儿没病，那儿没病，但几乎人人都有牙病。俗话说，牙疼不是病，疼起真要命。不仅如此，牙疼会影响你的消化，影响你的食欲，甚至干扰你的精神面貌。所以小病不小，一定要及时治疗。

果不其然，这位女士是一个很细致，很认真的牙科医生，不仅医术好，价钱也公道。再加上毕竟是同学，又都是医生，还会有一点小额的优惠。

本来在疫情防控期间她是不开诊的，除非熟人（患者又有正规医院的核酸检测报告），可以单独处理一下。经过检查，我的上槽牙确实有好多龋窿，难怪那么难受，再加上岁数大，牙的质量像古建筑的墙壁一样，不太好了。自然这是不可避免的，所谓自然而然。治牙毫无疑问，需打麻药。可我有点怕疼，但也得忍着，打上了麻药后她开始用电钻钻。那个滋味可真不好受，让人喘不过气来。她处理完之后告诉我，我旁边的那两颗牙也不行了，都需要治疗，而且还要戴上牙套。粗略地算一下，大约要一万元。可真贵呀。难怪日本和韩国治牙也那么贵（听说韩国人觉得日本治牙要便宜一点，有些人便专门坐飞机去日本治牙。在韩国留学的外国学生在读书期间因为有医疗保险，治牙可以报销百分之九十的费用，剩下的百分之十，只要是大学生还可以再报销这百分之十的百分之九十。所以外国大学生都在读书期间尽早地把自己牙治好）。

学生永远是最聪明的。

看过牙医以后，冒着雨又去了一趟小院。内人总是放不下那里，好像小院里种的那些菜呀，花儿呀，是寄养在别人家的儿女。进了小院以后，邻居挺吃惊，说，下雨还过来呀？我说，她放不下啊，心里一直惦记着。人家就笑了，觉得特别有趣。

进了小院并不进屋，先欣赏小菜园里的菜。小院萝卜的叶子出来了，太神奇了。这种事在农民看来，普通得不能再普通了，但在我们看来（我们自己亲手栽种的，心里一点儿底儿没有），有一种难以言说的兴奋。紫藤的叶子也抽芽了，是那种紫罗兰色的叶子，颇有一种欧洲的范儿。其他像豆角啊，茄子呀，辣椒啊，都长得很好。再加上天正播着小雨，那股清新劲儿很爽哟。

晚上做小楂子粥。记得我小的时候，在挨饿的年代，我们兄妹多，经常吃不饱肚子。院里那个打更老头（姓什么我忘记了，他们没儿没女，就老两口），送给我家一小袋小楂子（大楂子的弟弟小楂子）。打开一看，都长了绿毛。是啊，毕竟是饥饿年代，即使长了绿毛的粮食也没人送你呀。记得母亲把那些小楂子洗干净，做了粥。很神奇，喝过以后一家人居然没有一个人拉肚子，更没有一个人得病。如此看来，饥饿也是一剂抗争性很强的良药啊。

内人又打了苹果和葡萄汁。单纯吃苹果和葡萄我嫌麻烦，常常是一堆水果放在那里从不问津。果汁不能放太久，放太久就会坏掉。内人笑眯眯地过来说，老爷，请喝果汁儿。

吃过晚饭回到城里的家，没什么事就躺下看书。内人像中了邪似的继续琢磨做那些小点心、冰激凌。看到这种情形我不禁有一点儿困惑，记得在红十字幼儿园的时候，孩子们吃的完全是西餐，且吃了三年面包、奶油、果酱，可是至今我仍然对西餐没什么兴趣。所以，饮食习惯不仅是一种文化，更是一种坚守和立场。比如说圣诞节，对外国人来说，那就是一年当中最大的节日，而对中国人就可有亦可无。中国人最重要的节日是春节，任何时候都不可或缺。这就是中国人的生活立场。

考硕士研究生

　　这里可能会有一个问题出来。从小院门前路过的邻居也说，老王那么愿意读书哇。这么大岁数了还读书干什么呢？是啊，我为什么喜欢读书呢？这让我想起了一位记者采访外国的一个登山家，问他为什么喜欢登山。登山家回答说，因为山在那儿。同样，你若问我为什么喜欢读书，回答是，因为书在那儿。

　　后来我调到了《哈尔滨文艺》杂志社工作，从编辑开始做，阴差阳错，一直干到了主编，社长。但是一直在坚持业余写作。写来写去，后来有了点儿知名度。用我的那位同乡、好朋友，《人民文学》杂志社原主编的话说，"我们大家都著名"了。当年文联的一位领导（在职）要去黑龙江大学读硕士，这是需要交学费的，他便打报告给市里的领导。但考虑到只打他一个人的申请报告恐怕不妥，于是就把我也加上了（这可真是有福不用忙，没福跑断肠啊）。因为"我们大家都著名"，领导很快就批了。当然要经过考试的。考试前一天我正在编辑部跟几位编辑打扑克，挂彩的。那位文联领导拿来了一份复习提纲给我，我看也没看就塞到自己的裤兜里了。他转了一圈儿，猛地从我兜里拽出去，说，我看你他妈的也没心思看。就拿走了。考试当天又因为堵车，我们晚到了十分钟。参加考试的绝大多数都是应届毕业生和在校大学生。我绝对不是骄傲，我真觉得那些试题并不难，很快就答完了，是考生当中第一个交卷的人。后来那位文联领导说，你他妈的是不是知道题呀？我说，我要是知道题我都是你儿子。由此我得出一条经验，在跟一些年轻人座谈的时候，我常说，读书最好的状态，就是没有功利性，只有这样才能品尝读书的快乐。

对了，毕业考试的时候，由于我英语不及格，只能算是硕士肄业。真不好意思。与其如此，何必当初呢？

情人节的双重意义

这几天的天气预报连续出错，我怀疑是不是受到了什么干扰？抑或是被天空的某种假象所迷惑？准备了雨伞，结果没用上，没带雨伞，反倒是下起了大雨。例如，天气预报说这几天没雨，于是就把地浇了，没想到当天晚上就下起了大雨，而且是瓢泼大雨。所以"人定胜天"仅仅是人类奋斗的口号而已。

今天是五月二十号，传说中的"情人节"。但我在手机上看到另一则消息，说是五月二十号，即农历四月十四，是潘金莲毒死武大郎的日子。看到这则"消息"我不禁哑然失笑，网民居然能挖出这等趣事来。

说到潘金莲，我想到，当代男女关系变得似乎越来越轻率了，道德约束也越来越少了，今天，传统道德的火炬似乎只在一些老年人身上还发挥着一点余热，在中青年身上就像失去了弹性的松紧带儿，已经没有约束力了。我联想到过去偷偷摸摸、战战兢兢搞婚外恋的那些人。现在看，他们似乎还有让人们"同情"的地方，他们之所以出轨，或是他们彼此有感情，有闪电般的爱。而今天这种情况呢，多乎哉？不多也。

林区诗人的烧柴

在《满洲的情报基地——哈尔滨学院》那本书中，加藤讲的那种俄式壁炉是没有这种隔烟板的，烟可以畅通无阻地通过烟道排出去，这样就安全得多了（但会浪费烧柴）。当时做饭取暖主要是用烧柴，这样，安全性就有了保障。而且木材燃烧发出木质的香气，也是一种特别的享受。当然，享受归享受，但终究是一种绝大的奢侈。

有时候我到林区去采风，会朋友，在一起喝点儿酒，吃点野味儿。毕竟我是山区里走出来的孩子。全国人民都知道（包括外国侵略者），黑龙江是个大森林之地，森林之广，之厚，令人叹为观止。只是由于多年过度砍伐，森林资源受到了较为严重的损伤。但是，当年这个地方却是一派莽莽苍苍的原始森林的景观。

生活在林区的小家小户烧柴自然不是问题。有道是"留得青山在，不怕没柴烧"呀。总之，用木材取暖做饭的这种现象，即便是在今天的黑龙江林区也是随处可见。如果有机会到林区去看一看，各家小院里都整整齐齐地码着烧柴，这还是衡量一家人是不是过日子人的一个标准呢，码的烧柴多一定是勤奋人家。相反，就不是一个过日子人家。

说一件让我感到十分遗憾的事。记得我的一个诗人朋友，他住在我的出生地一面坡的那个小镇上，每天早上，他有去附近林子里锻炼的习惯，并顺便拉一些枯树枝带回来，在院子里把它们码好，码得很好看，像童话世界一样。他说，我每天都去拉一点柴，每天都去，越拉越多，日积月累，一冬的烧柴就有了。他说这些的时候，我很羡慕他的这种生活方式，也渴望。

一夕，他突然想卖房子。诗人朋友住的是一幢铁路房（一面坡是一个铁路小镇），有一个院子。我的大姑也住在一面坡。我又特别希望能过一下田园生活，我就跟他讲好，你要卖的话就卖给我。多少钱呢？他跟我讲，五千块钱。在二十年前，五千块钱在小镇买一处铁路房是极便宜的，是白菜价。我说，我给你一万块钱，这个房子给我留着。平时我并不来住，夏天过来住些日子，但时间也不会太长，你还可以继续住在这里，我不收你任何费用，你就交你用的水电费就行了。他听了以后非常高兴。但是，他很快又反悔了。我不知道是什么原因，后来才知道，他跟他的媳妇是近亲结婚，媳妇是他妈妈的妹妹的孩子，因为这个原因，母亲就跟儿子断绝了来往。十多年以后，母亲原谅了他，同意他们夫妻可以回到县城的家住。这样，他才决定把这个房子卖了。不过很快的，母亲又觉得还是不能接受他们。这大约是诗人朋友反悔的主要原因吧。但是这件事一直让我耿耿于怀。要知道，我因此丧失了一个可以在炎热的夏天回到我的故乡，回到我的出生地度假的地方呵。

按摩师

　　"新冠肺炎"疫情不仅没有减退，反而变得愈加顽固。疫情防控期间，这座城市所有不幸的患者（非新冠患者）都不会轻易去医院。两种心理，一种是，医院是传染瘟疫的地方，去那里的自然都是病人，包括新冠肺炎患者。没有人有去医院消遣的特殊癖好。而且就在前不久，哈尔滨的两家医院就出现了相关的问题，据说，连中央巡视组都来了人，主管部门的领导也受了处分。所以去医院须倍加小心，能不去就不去。而且到医院去就诊必须做核酸检查后才能决定你能不能住院治疗。第二种心理是，过去患有基础疾病的老年患者（只要能走动），多是白天去医院打针吃药，晚上就回家去住了。现在医院实行了封闭式管理，必须在医院住满十五天，吃住都必须待在医院里。说到这儿，我想起了一个颇为离谱且有趣的坊间传闻，说是医院包括外国的医院，医务人员罢工期间，死亡率都是最低的，甚至只有平时死亡率的一半。如果真是这样，从事医学方面研究的科学家们就要研究一下了。

平时，每年的春天（四月份），我照例要去医院做一下调养。由于年龄大了嘛，也需要找按摩师给按摩一下。好在现在按摩进入医保了，不会有更多的花费。内人以前的同事就在疗养院，现在称康复医院，按摩师叫静静，她曾负责给我按摩。她的按摩技术好，静静第一次给我按摩后，内人发现我的身板好像直溜了，我觉得她是幻觉，哪知第二天回女儿家取东西，女儿也说，爸，你怎么好像高了耶？女儿也这样说，看来这倒是真的了，不知道静静用的什么手法（只是长时间不按，我又回到原态了，看来，按摩也是要持久的），我觉得静静比过去给我按摩的某个医院的主任按摩得还好。那个男主任不是按摩，而是抚摸。有一次他给我的内人按摩之后，还冲我做了个鬼脸。真是不可理喻。不过，去康复医院办理入院手续同样麻烦，与封闭十五天没什么区别。如此看来，去康复医院也不大可能。好在静静和内人是同事，是好朋友，内人就联系她能不能到我家小院来给按摩一下，她开车去接她。

静静现在是一个单身母亲，儿子在上大学，而且她还想着给儿子买房子，所以手头并不宽裕，这种额外收入对她来说自然是很必要。因为她们彼此是朋友，所以她的收费较低，就是友情出诊。

我先到了小院，为她们准备了晚饭，做的荞麦面。荞麦面还是不错的。我觉得日本的荞麦面是最棒的。记得我在东京的一家餐馆吃荞麦面，还需要排队等候。足见那家餐馆的荞麦面做得是何等地好。

静静一进我的小院，看到菜地里长的茄子等蔬菜就说，姐姐，该打丫子了，不然只长叶不长果实。内人说，你这个也懂啊？内人又说，这个不用你指导了，我们旁边的邻居个个都是农把式，他们随时都指导我们。我们现在是他们带的硕士研究生。

静静看着桌子上放着内人刚烤好的大面包，说，哎呀，我最爱吃面包了。内人说，那就送给你吧，还有一些芽苗菜你也带走。她说太好了。朋友就得这么处哇。

我炸了一碗鸡蛋酱，又搞了一点芽苗菜和黄瓜蘸酱菜，主菜是腊肉炒荷兰豆。静静是一个很开朗很朴实的女人。用她自己的话说，她是一个很有正能量的女人。静静很喜欢开玩笑，她曾一边给我按摩一边说，我是单身，可谁愿意找我呀，没房没车，有病有孩儿。我听了哈哈大笑。

静静给我的印象永远是一个精力充沛的人。吃饭的时候，我担心两个女人吃不好，也聊不好，就没有和她们一块儿吃，我坐在外面阳光房里吸烟，隐隐约约听到她们聊得也挺好，似乎两个女人已经把按摩的事忘掉了，一直在兴高采烈地聊着。我一看聊的时间太长了，只好装着进屋里拿东西，静静是一个聪明的女人，马上说，好啦，好啦，开始干活儿吧。

静静的确是一个优秀的按摩师。她几乎用手一摸就知道你哪个地方有毛病，并且告诉你为什么要按这个地方。不仅如此，静静的知识面儿似乎很广，可以说是海阔天空，无所不知。聊天的时候她还说到我的写作，我告诉她我写东西是用手写笔来写。她说，你一定要学会打字，其实并不难。学会了打字要比用手写笔写便捷多了。内人说，你看人家静静什么都懂，你得向人家学习。我说，是啊，活到老，学到老哇。

说得也是啊，现在的按摩师、搓澡师、理发师，这三师，再加上出租车司机，那就是百科全书，民俗大全哪，他们无所不知，无所不晓。关键是他们的行业接触的人多，而且还要会聊天，只有这样才能留住客人，增加回头客和亲和力，只有这样，才能增加个人的收入。同时自己也长知识，一天也不觉得那么枯燥。我想，一个作家如果不能像理发师、按摩师、搓澡师，包括出租车司机那样和陌生人敞开心怀地聊天，就失去了向民众学习的机会。有了这样聊天儿的好习惯，就会激发你的创作热情，增加你的底气，同时还会改变你过去的一些错误的看法。一句话，作家永远不要太自信，特别是在生活面前，在普普通通的民众面前，我们还差得远呢。实话实说，我看到一些作家过去实实在在地写出过一些好作品，但那是过去，现在写的东西就不行。怪怪的，越是不行自尊心越强，活得越敏感，一句批评的话都听不进去。不好改。

　　静静按摩的时候给我讲了许多身体保健方面的知识，长知识了。这时快八点了，然后她还要给内人按摩。内人怕静静回去得太晚了，就简单地按摩一下开车送静静回去了。

去营口

　　朋友邀请我们去营口观看海上落日，说起来，这普天下的落日，中国的也好，外国的也罢，实在是见得多了，不过是一道自然界的寻常风景而已。然而不然，回过头来看，这项活动反倒是一种幸运了。

　　只是没有想到观看海上落日的那座"鲅鱼圈"的建筑实在是太高了，足足有二十层楼高，又需徒步登上去，让人望而生畏。朋友介绍说，顶层的平台是观赏海上落日的最佳地点，也是欣赏营口市全貌的理想所在。人都是有自尊的，怎能临高退缩呢？再说，登高望远不仅是中国古代文士的励志情怀，也是开阔胸怀、抛弃杂念的一剂良药啊。只是，这样辛苦地去观赏海上落日会给我怎样的启发与斩获呢？

拾级而上的过程，人就便有了驭风的感受了。衣袂飘兮，白发凌凌，这旋而上升的过程，这登高望海的心情，纵然很累，却是寻常日子里不曾有过的愉快，是大享受呵。或是我之人生旅程太坎坷，对无端的变数已经习以为常了。心里想，这落日的看与不看在我并不十分的重要，只要是能够登上这鲅鱼圈观景台的顶端，就当有十分的满足了。

然而，攀登这旋而上升的阶梯，鸣响于耳畔的越发粗重的喘息，兼之洒家越来越大的年纪，无论如何也是一种挑战哪。看到并没有人中途放弃，是啊，半途而废并不会伤及别人，它只会是一抹阴影沉在你的心底。没错，小耻辱也是耻辱啊。如此这般的心声，终是演化成了一种无声的自我激励了。

啊啊，我终于站在二十层楼高的观景台上了。

人站在如此高的平台上，如同雄鹰站在山巅的峭壁之上，傲视苍穹，人也瞬间就变得不可一世起来。啊，这慢弧形的大海哟，是那样地厚重、深邃，你几乎很难准确地描绘和捕捉到它的终极颜色。蔚蓝固然蔚蓝，但蓝得深沉，蓝得神秘，蓝得那样有力量，有气度。放眼看开去吧，这博大辽阔的幅员把你变得是何等地渺小啊。然而，将我这卑微弱小的心绪瞬间化为轻松的愉悦，却是那些不时从海面上掠过的乳白色的海鸥。哦，大海变得有旋律了，在风的指挥下激荡着它无与伦比的乐章。啊，这一刻你的身心，你的灵魂被眼前的这一切完全地征服了，一种无以言表的圣洁与高尚，瞬间注入到了你整个的躯体。

大海的西天上还浓浓淡淡地扯着幔帐似的薄云，那晚阳像是归省时羞涩的新媳妇，在朦胧的云帐里缓缓地向西走来。说起来，人在旅途上我从不遗憾天气的变化（我也并不在意天气预报报得准不准确），还是那句话，任何天气都是上苍对我的特别馈赠，我都要好好地珍惜，好好地珍藏。

此时此刻，观景台上的我在想，这海上落日的光景大约是要在参差的薄云中缓缓地坠落罢。是啊，这与人生是何等地相似，你总会有不同的遇见，风雨雷电，阴晴圆缺，活着，就要欣然接受。还是好好地欣赏眼前这大海的美景罢。

或者是强劲的海风，或者是上苍的仁慈，或者是主人的热情，或者是天地间感念我远道而来的辛苦，那西天上的薄云哟，竟渐渐地收起了它薄薄的帷幔，让晚阳露出了它俏美的面庞。这时候朋友在我耳边轻轻地说，你可能不知道，这是中国大陆上唯一可以看到海上落日的地方。又说，能看到这样落日的陆地在营口也只有短短的几公里，其中最佳观看海上落日的地方就是在鲅鱼圈观景台上。朋友的这番话，让我顿时对眼前的海上落日肃然起敬了，我意识到这一时节恐怕是我一生中最珍贵的，也最难得的一次观赏海上落日的机会。我得感谢这强劲的海风，是它用无形的巨手拉开了观看海上落日的帷帐。我还要感谢伫立在海面上的那尊四十米高的美人鱼雕像，一定是这位仪态万方的女神把我的心声传递给了这变得越来越巨大的，越来越通透的玫瑰色的落日。我亦感谢那些像音符一样在海面上"跳动"的海鸥，它们俨然是海上落日的伴舞者，把这天海间伟大的奇观装点得如此神奇，如此美妙。我还要感谢海上那几艘泊在彩色落日余晖中的渔船，我似乎在海风中听到了渔民们赞美落日的歌唱。我更要感谢命运之神把我带到了这里，并让我置身在这高高的观景台上，像神一样欣赏着这博大而圣洁的落日景观。

晚阳一点儿一点儿地向下坠落着，或许人在这缓慢的坠落当中会生出一丝无端的焦急来，像海风轻轻地吹拂着你的衣襟一样，把你的这种莫名的焦急表达得那样地有声有色。哦，一定是我的真情，我的感动，我的这颗虔诚的欣赏者的心，让这巨大的晚阳变得圆润起来了，这一刻，海上的落日像丰盈的石榴一样那么柔软、像一樽美酒那样通透、像一块无与伦比的宝石那样润泽。啊，圣洁的海上落日哟，它似乎经历了一天的运行，经历了一整天对人们生活的检阅，带着无比的满足与幸福回到它自己的海的天堂里，而你却在这一刻完成了你一生中最瑰丽的一次约会。

站在这高高的观景台上，面对这海上的奇观，你不仅会感叹造物主的伟大与神圣，也为能够欣赏到这神奇的景观，享受这一天最为辉煌的时刻，感到幸福、自豪和无上的幸运。

巨大的、鲜嫩欲滴的晚阳终于与海平面衔接在一线上了，你的心哟几乎停止了跳动，你的灵魂似乎也被这神奇晚阳带到了海上的天堂里，也在随着它一点儿一点儿地下沉，随着它一起去那妙不可言的世界了。

这时候，那半浸在海中的巨大落日，像一张半圆形的玫瑰色的风帆，渐渐地，渐渐地驶向天堂的深处。浩瀚的海面被晚阳的余晖披上了一件薄如蝉翼的彩色霓裳，并随着这晚阳之帆优美地抖动着，直至滑入无穷无尽的天边。哦，这真真是一个脱胎换骨的过程呵。你的灵魂，你的躯体，你的精神也因此变得更加纯洁，更加淡定，更加自信了，似乎是神圣的晚阳在你的肌体里注入了一股巨大的能量，让你精力充沛且信心满满地去面对未来，逐日而行。

……

回到小菜园以后，按捺不住，迅速地写下了以上的感受，作为一种记录，作为一种回忆，也作为一种珍藏。

少 爷

　　记得年轻的时候，我有一个朋友是一个散人＋业余美食家，是很有趣的一个人。我曾经在一篇小说里写过他（小说的名字叫《朋友》）。他几乎什么都懂，也不上班，他曾经有过一个正式的国营工作，可是上了不到一个月就被他辞掉了。他就喜欢在街上闲逛，本城的那些商店哪，饭店哪，电影院，洗澡堂子，他都熟。大家都管他叫少爷。他看电影不用花钱，洗澡也不用排队（当年洗澡要去公共澡堂子）。奇葩的是，他兜里常常是一分钱也没有。他的丈母娘也说，兜里没钱，还天天有人供他吃饭，啧啧啧。表示极大的不理解。更为奇葩的是，他的朋友们家家都欢迎他去。他去了，这个家立刻就变得欢乐起来。他还是一个业余"表演艺术家"，会唱京剧、黄梅戏，还会讲电影。你听他讲电影就不要再去电影院看了，那样会觉得电影很乏味，只有听他讲才觉得特别有意思。他讲得绘声绘色，眉飞色舞，从一部电影的开始，即这部片子的厂徽开始，直到"再见"，他都会讲到。让听众有一种身临其境的感觉。一次跟我一块儿去孩子的姥姥家，正赶上人家吃酸菜馅儿饺子，方便不如顺便，我们就吃了一点。出来以后，少爷说，一看这个老太太就是个"臭糜子"（"臭糜子"是闯关东的山东人对当地土著的一种轻蔑之称。因为当地人都喜欢吃小米）。我问，为什么？我觉得还挺好吃的。他说，你没吃出来吗？饺子有一股酸菜水味儿。然后他说，酸菜切好以后，一定要用纱布把酸菜水攥得干干净净的。而且绝不能用酸菜叶，只能用酸菜心做馅，这样包出的饺子才好吃。我觉得他的话有道理。不过，我问他，如果单纯地用酸菜心包了饺子，那酸菜帮干什么用啊？岂不是一种浪费？他反问道，是好吃重要啊还是酸菜帮重要？我想了想说，还是好吃重要。正因为他是一个业余美食家的缘故，朋友们都以为他是一个烹饪高手。有一对年轻夫妻刚刚开了一个小饭店，请他去做厨师。他到的当天炸花生米，结果五斤花生米全被他炸煳了。少爷说，你看把他两口子心疼的，小市民，我扔了围裙就走人了。

　　说起来，炸花生米是一门学问。炸花生米必须是冷油和花生米同时下锅，炸的时候要特别注意，听到花生米发出噼里啪啦的声音，就把它盛出来，趁热放盐。刚刚炸出来的花生米有点艮，但是凉透了就脆生了。

对我们这些朋友来说，如果少爷几天不来串门儿，家人就说，少爷有几天没来了哈。你说他一天游手好闲的，可是他几天不来还挺想念他的。毫不夸张地说，我的那些朋友和他的那些朋友，家家的大人孩子都欢迎他去，盼着他去。他就像日本电视剧《寅次郎的故事》中的那个寅次郎。

说起来又有好多年没联系少爷了，也不知道他现在怎么样了。记得十几年前，在过三孔桥的路上见过他一次，他还是穿得板板的，依旧是一副老式少爷的行头。见到我他笑呵呵地说，行啊，混得不错了，作家了。我说，你还挺好的吧？他说，挺好，跟过去一样。

我听别人讲少爷的两个女儿都很出息，当了空姐，并且嫁给了外国人。少爷又有机会去外国看他的女儿了。我能想象到少爷坐飞机的样子。记得年轻的时候他到我家去，看到我父亲，他立刻殷勤地掏出烟卷儿递给我父亲，说，劣等烟草，不成敬意。我父亲笑得不行。父亲是旧社会过来的人，对这一套礼节是很熟悉的。怪怪的，老人家居然有时候也会念叨他，你那个朋友怎么没来了，挺有意思的一个人呢。

他还是
一个世余
表演艺术家
会唱京剧
黄梅戏
还会讲电影

小人儿书情结

　　在收拾小院书架的时候发现了几本小人儿书，这让我想起了在杭州和一个编辑聊天的情景。想不起来是什么原因我们拐到读书这个话题上。我告诉他，我小的时候常利用寒假、暑假，包括节假日，去坡路上帮人力车夫拉小套儿，挣一点儿小钱。通常是拉一个上坡五分钱。我就选择坡多的地带等候（现在叫站大岗的。说起来我还应该算是当代站大岗的先驱和师傅呢）。那么，挣了钱干什么呢？两个用途，一个是可以去看电影了，学生票通常是五分钱一张。或者正是这样的习惯，这样的爱好，到今天我也喜欢看电影。改革开放以后，我曾经将一家录像带小店所藏的录像带全部看光（不管什么片子，每次借五盘）。录像带时代结束，开始了光盘时代，我便大量地购进各种内容的电影碟片（这次我还选了一些我经常看的光碟带到小院）。挣了钱的另一个用途，是去街角的小书摊儿看小人儿书。看小人儿书便宜，一分钱看一本。小书摊儿的摊主在周边放一些小板凳儿，我们就坐在那儿看。我经常是把兜里的钱看光才恋恋不舍地离去。在我的少年时代，这样的小书摊儿在城市随处可见。现在想想真是让人奇怪，为什么没有人取缔这种私人小书摊儿的行为呢？要知道在那样的时代，私人摆摊儿挣钱是不允许的。这应当是那个时代最让人感到温暖和幸福的事了。除了这种小书摊儿还有一些小人儿书铺。小人儿书铺通常在闹市区，多在学校附近。放学之后，喜欢看小人儿书的学生便一头扎到那里看小人儿书。什么内容都有，《三侠五义》《峨眉剑侠》《龙虎风云会》，以及一些世界名著、中国名著的连环画。以至于到今天我依然喜欢去逛那些旧书摊儿，似乎和它们产生了一种亲情关系。记得那一年去巴黎，在塞纳河旁的旧书摊儿，不知是什么情感也让我久久不愿意离去，尽管我看不懂这些旧书、旧报纸，但同样让我依依不舍。

在那个年代，不只是孩子，包括一些大人也常去小人儿书摊儿和小人儿书铺看书。那么，这些孩子和大人有什么梦想吗？想当作家吗？想获得知识吗？说实话，没有，就是好奇，喜欢而已。我曾经说过，没有功利性的阅读是最佳的阅读。可以这样说，那些年在小书摊儿和小人儿书铺看书的孩子和大人们是可爱的。

即便是我成了家，有了孩子，依旧喜欢看小人儿书，买小人儿书。当然，更多的是给我的两个女儿看。我觉得孩子们获得知识，小人儿书是一个重要的途径。它几乎像一条闪烁着迷人之光的羊肠小路，指引着年轻的孩子们走上求学、求知的康庄大道。

是啊，时代进步了，小书摊儿和小人儿书铺早已不见了踪影。在小人儿书铺里看小人儿书不幸福吗？非常地幸福。只是那时的幸福和当今孩子们的幸福不太一样。现在的孩子俨然小王子、小公主，被父母送到学前班，有非常舒适的环境，有专业的幼师做辅导。同时还有水果和丰富营养的午餐。尽管像我这种的老派人士、传统作家，对当代孩子们的学习环境、读书环境或有一些忧虑，然而，事实证明，在如此优渥的环境中学习成长起来的孩子，同样可以成为大用之才。我们这些老人的担心不仅可爱，也有点可笑了。

大
鹅

今天去大女儿家。和大女儿聊天时，她说，老爸，您把那只大鹅拿走吧，放在冰箱里太占地方了，都放了半年多了。女儿这么一说我才想起来还有这么一只大鹅。那好，我就拿走。

说起那只大鹅，还是我一位依安的乡土作家朋友送我的。依安归齐齐哈尔市管辖。我们兄弟几个每年都要开车出去玩一趟，其中的一位朋友认识依安县的县委书记，希望我们到依安走一走，看一看，写写依安。他负责接待。恰好依安的"三胖子"（作者的笔名）有一部长篇小说刚出版，要开一个作品研讨会，我们到了，正好邀请我们一块儿参加，给他壮壮门面。说实话，我非常愿意给下面的业余作者壮壮门面。也就是壮壮门面，又不费什么，而且对他们也是一个鼓励。这是好事，更是善事，说不准哪个受到鼓励的作者一下子就成名了呢。这也是我们黑龙江的光荣啊。在三胖子的作品讨论会上我发言的大意是，像三胖子这样的长篇小说我是写不出来，因为我没有这方面的生活。生活永远是作家重要的坐骑，是马车，是翅膀，是前行的动力。或许正是因为这样几句话打动了三胖子的心，跟我交成了朋友。不久，又邀请我到依安去玩。可是俗事缠身哪，就这样，今年推明年，明年推后年。过了一年又一年总算有了机会决定去一趟，而且去的那一年正好赶上依安举办"首届鹅文化节"。依安是黑龙江省有名的鹅乡，那里的鹅非常有名，鹅蛋好，鹅肉就不用说了，非常好吃。特别是听三胖子说到依安城里有一种大鹅馅儿的水饺，这让我有点意外，大鹅肉也可以包饺子吃吗？到了依安，三胖子找了他的几个朋友过来陪我们。在那家小饭店，我第一次吃大鹅馅儿的饺子。大鹅馅儿饺子的馅儿稍微有一点点粗，似一种小细粒的感觉，但味道不错。三胖子原本打算让我走的时候带两只大鹅走，但是没想到，等到我要离开的时候，偌大的依安连一只大鹅也没有了。在鹅文化节期间，所有的鹅都被杀掉了。我的天哪，这哪是鹅节呀，简直是鹅的殉难日。后来，可能是作为补偿，三胖子给我邮来了两只大鹅。我当时人在海南，女儿就把它冻了起来，只是冻得时间太长了，鹅肉已不新鲜了，可惜，可惜，非常可惜，我原本是打算把它拿到小院里做鹅肉馅儿饺子的。

解

羊

内人曾经资助过的一位贫困大学生，毕业以后自己创业，干得挺成功，为了表达对内人的感谢之情，投桃报李，年年都不忘带点儿自家饲养的鸡鸭鹅什么的过来看望内人。这一次他居然送来了一只羊。这倒是难住了我们。这么大一只羊怎么把它解开呢？我们完全没有这方面的经验。小女婿说，这简单，去回民的肉铺让他们帮着解，交点费用就可以了。

第二天一早，我们老两口就去菜市场找了一家回民的肉摊儿，问可不可以帮忙解羊。他说一百块钱。我的天，不便宜呀（一百块钱买多少斤羊肉啊）。可是你自己会解吗？技术就是资本。难怪老一辈人常对自己的子女说，要学一门手艺，将来就有饭吃。此言不虚矣。

这对年轻的夫妻问，你打算怎么解？有两种解法，一个是大块的，一个是呢，给你解成羊排、羊腿、羊肉。我说，按后一种方法吧。他说，好的，明天早上你早点来，我们六点就在这儿了。我说，那么早啊，菜市场好像是八点半才开门。他说，你就六点半来没问题，到了你给我打电话，我上去领你，就进来了。于是我们互加了微信就走了。

第二天大清早上，我们拿着化好了的羊来到了菜市场。肉铺的老板出来帮我们把羊提了进去。没想到菜市场里面上菜呀，摆菜呀，已经是一片繁忙景象了（这让我想到了话剧舞台的后台）。肉铺的老板说，我们凌晨四点就出来了。我说，这么辛苦，挣点钱真是不容易呀。他说，呵呵，不容易。然后开始解羊。我又借老板解羊的工夫去买了一点菜，豆角啊，土豆啊，土豆炖大鹅嘛。内人喜欢吃豆角，掺和在一起一定好吃。过去我曾经迂腐地按照网上介绍的方法，在炖大鹅之前，先把土豆和豆角炒了。其实这是错误的，豆角和土豆都炖烂了，鹅肉还没熟呢。所以网上说的不都是正确的，科学的。

他们夫妻俩很快把羊解好了，羊排、羊蝎子、肥的羊肉、瘦的羊肉，还有羊油、羊腰子、羊鞭。老板说，羊腰子、羊鞭这东西可好了（但为什么好，他没有说）。他还告诉我，羊前腿可以烤着吃。但是羊后腿你们还得回去化一化，化好了你再拿到我这儿来，我给你做羊肉卷。我问，还需要另外交费吗？他说，哪能再收费呀？没这么干的。羊肉卷儿好哇，可以切成羊肉片儿，然后在小院里和家人、朋友们在一起涮羊肉。那场面一想就让人激动。

六一儿童节

今天是六一国际儿童节，居然像我以往的经验那样，哈尔滨城依旧下雨。我所说的"依旧"，是在我的记忆当中，似乎每年的六一儿童节都下雨，很少有六一儿童节不下雨的。为什么有如此深刻的记忆呢？要知道，六一儿童节是儿童的节日，孩子们都在期盼着这一天，如果这天下雨无论如何会失望的。失望，也会成为一种深刻的记忆。

今早照例四点起来。为了验证自己的判断是否准确，起身就打开了窗户，哇，满天的水响，果然下雨了。孩子们又要在这雨水天度过自己的节日了。

既然是六一儿童节，决定在朋友圈发几张照片，以表对六一儿童节的怀念和庆祝。但是要有和六一儿童节相对应的照片才好。我在网上找到了一些，还偶然看到一张前年在吉林时几位朋友系着红领巾，行少先队队礼的照片（那天恰好也是六一儿童节。当地的朋友为了好玩儿，提议如此存照）。其实发这样的照片挺惭愧的，因为我从来就不是少先队队员。小的时候太淘气了，没能加入少先队（我记得学校的教导主任沈主任，是个女老师，年轻的时候她跟我母亲是女子中学的同学），我是全校唯一一个不是少先队员的学生。可见老师对我的印象是何等地恶劣。说到这儿，我再讲一讲我的外孙子，他也像我小时候一样顽皮。全校上课间操，所有的学生都穿着校服在校园里排好队准备做操，唯有他一个人穿个背心最后一个跑出来了。在全校师生的众目睽睽之下，校长把班主任批评哭了。外孙子说，姥爷，真的，老师哭了。外孙子的奶奶很犯愁，说，这随谁呢？

我的外孙子聪明是真聪明，可恨是真可恨。小家伙长得也帅，我很喜欢他。我总是这样认为，小学的课程也就那么回事儿，上了中学再抓他学习也不晚，小学生的任务就是玩儿。女儿说，老爸，你是他亲姥爷吗？

当然是亲姥爷了。只是六一儿童节给外孙子送点儿什么礼物呢？玩具买了恨不得有一卡车了，可以开一家玩具商店了。后来想，干脆给他一个红包。钱他又拿不到手，因为他的微信归他妈妈管。我觉得这个方式挺好，也很得意自己的这个方式。

晚上，按摩师静静来给我们两口子按摩。人家是下了班就过来按摩的。一定要准备晚饭，炖大鹅，大米饭。只是厨房的排烟道仍旧不畅通，炖大鹅的时候满屋都是烟。便打电话把这情况跟装修公司的小南反映一下。他说他安排售后过来看看，是不是排油烟机有问题。

厨房里的烟也散了，按摩师静静也到了。先吃饭。我还给静静准备了蘸酱菜（我发现她特别喜欢吃蘸酱菜），一进门她就从盆里捞出一个黄瓜，说，我得先吃一个黄瓜，解解渴（是啊，在医院里干了一天按摩，一定口渴得很）。内人还从邻居家的小菜园摘了一些小白菜，结果她连根儿都给人家拔出来了。邻居的小媳妇说，没事没事，就当间苗了。

城市人哟城市人。

在内人准备晚饭的空当，静静开始给我按摩。静静说我的脊背比上一次按摩好多了。我说那可好。她说，不过呢，你的颈椎还是有一点问题，你要加强锻炼。我说好的好的，我一定锻炼。

按摩之后，吃饭。她们两个在里屋吃，我端了一碗自制盖浇饭到阳光房里去吃，我怕影响两个女人的谈话，我并不善于唠家常嗑。内人说，今天晚上你开车，我们俩喝点酒。我说，好嘞。

只是，我不知道我炖的大鹅好不好吃。后来内人告诉我说，特别好吃，静静吃了不少。我说，那就好。

临走的时候，邻居小媳妇还赶出来说，婶儿，再给你的朋友带点小白菜回去吧。静静说，不用了，不用了。我知道，静静是不好意思。能不想带吗？这么好吃，又是纯绿色的。

晚上开车有点困难，这台别克车太旧了，十多年了呀，据说现在只能卖三万多块钱。

车子、电脑、手机，包括人在内，都是"消耗品"啊。

曲麻菜情结

修油烟机的师傅在电话里说，他只有早晨有时间，要不就是晚上七点。我实在是不愿意把上午的时间浪费掉（每天上午是写东西时间），但是没办法，只好和内人早早地开车去小院。途中看到路边有卖曲麻菜的，太高兴了，一定要买一点。

说到曲麻菜还有一个小小的励志故事。自从我的小说获得了全国优秀短篇小说奖以后，每年的五月份，即曲麻菜长出来的时候我都要买上一大包。回家洗净，蘸酱吃。家里人都不吃，嫌太苦了，都用痛苦的表情看我一个人吃。我曾经在一篇随笔中写过，我并非考虑曲麻菜的治疗功能，而是看重它的苦。为什么？我觉得获了奖以后，一家人的生活也得到了改善，正是这样，我应当时刻提醒自己不要忘本，不要忘了当年吃的苦。当年真的很辛苦，现在想并不觉得苦了，反而觉得很幸福，很有骨气。那时候写作没有稿纸（当时电脑还没有普及，连编辑部也没有电脑，收到的稿件全部是纸质的），于是，就从我的那些开小车的朋友那里要稿纸（因为小车司机有方便条件）。开始，他们只是三本五本地送，但是很快就被我写完了。有一天，我的一个司机朋友给我送了一大摞子稿纸，大概有五十本。他说，这一下子够你写的了吧。这些稿纸我写了一个季度就用完了。他很吃惊，说，你他妈的也太能写了，吃稿纸啊？你想：第一遍是草稿，然后改，改完了再抄，抄完了再改一遍，一遍一遍地改，一篇小说通常要改五六遍。寄出去以后，开始一篇一篇地退回来。然后再一遍一遍地写，一遍一遍地改。我总是认为自己能行，对此还非常地自信。我记得，当年家里烧煤烧柴火时，引火用的火种全是我写废了的稿纸。即便如此也烧不完。记得有一次卖旧稿纸，居然卖了一手推车。这样说吧，如果说让我重新选择职业，我绝不会选择这种行业，太苦了，它太像是一个赌徒了，倘若不成功，这算什么呢？毕竟你不是搞科学研究，搞发明创造。不仅如此，一年里所有的假期全部在单位、在家里写东西（只有大年三十和初一这两天不写），您瞧瞧，这日子让我过的，这是对生活、对生命的不尊重啊。

应当说，我是非常幸运的。写出来了之后，我便坚持在每年曲麻菜长出来的时候买一些回来。就这样，曲麻菜成了我励志的食品。是呀，而今曲麻菜成了好东西了，而且很贵，一两就好几块钱。但是我仍旧坚持买。到了这么大岁数了，这种为了不忘却的纪念仍然坚持着。只要遇到曲麻菜就一定会买。

中午我吃的就是曲麻菜蘸酱，非常好吃，苦森森的，只是有点老了。卖曲麻菜的那位农村大嫂说，放心吧，我都是在野地里挖的。

我信。

梦想与现实

　　排油烟机的售后师傅来了，是个年轻人，他就住在附近，但是他很忙。他检查了一下说，叔，你的排油烟机好使呀。然后示范给我看。的确，排油烟机好使，但是为什么往外倒烟呢？他告诉我，有两种可能，一个是烟道堵了，一个是排烟道的孔可能太小，管太细，排烟不畅通。叔，你们只能是找物业了。

　　物业的工人师傅很快就来了，看了半天，说，哎呀，老先生啊，没法整呀，这是胎带的毛病，建这个房的时候就有问题，建这个房的开发商已经抓起来了，正蹲监狱呢。说着就唱着小曲儿走了。刚来的时候也是哼着小曲儿来的。

　　我在原地愣愣地站了一会儿，小曲儿离我越来越远了。

　　吃过午饭后，照例午睡一会儿。不知道为什么睡午觉会有那么多的梦，梦见两位能工巧匠帮我修排油烟机，手到擒来，很快就给修好了。真是人间小，梦乡大呀。现实生活中不能完成的事情，或者无法完成的事情，在梦的世界里都可以轻而易举地得到解决。

午睡后，看到邻居家的生菜长得挺好，东施效颦，我又种了一些小生菜。是啊，这块地可真够辛苦的了，被我们种得满满的。不过我发现，别人家地的土都松松的，很细，而我们的地则多是土坷垃，看来，改变这种状况只能是等明年了，明年我把地土好好弄一弄。内人说人家都用筛子筛。这让我想起我老父亲活着的时候跟我讲过，山东的地少啊，地里的土块庄户人家都是用手把它们捏碎，特别地精细。我记得有一个本地的女作家写她的父亲。她父亲就是一个农民，她似乎是无意识写出来的，但是关于她父亲热爱土地的那一段描写，感动得我眼泪都流下来了。后来父亲随女儿来到城里住，但是老人家不习惯大都市里的生活，天天呆呆地坐在大街边看着，他怀念那片土地胜过怀念他的亲人。失去了土地的农民，似乎也同时失去了生活的乐趣。

邻居家们的小菜园似乎是在进行无声的比赛。有一天，黑客的主人问我，你家的黄瓜长出来了吗？我说没有啊。他用手比划着说，我家的黄瓜都长这么大了。中间院的邻居老何在院里说，那就先吃你家的。大家就笑。其实，种地的经验就是在这种无形当中交流的。

我的出生地

之一

是啊，读书总会引起一些联想。除了白桦树，还联想到我的出生地"横道河子"。我曾多次去过横道河子，那里也是我的出生地。为什么"也是"呢？因为我从父辈那儿听到，我居然有两个不同的出生地。户口上写的出生地是"横道河子"，而另一个"出生地"是早年我随父亲去一面坡镇看望爷爷，父亲指着蚂蚁河对面的那幢苏联房子说："你就在那儿出生的，是一个俄国女医生给你接的生。"就这样，父亲给我留下了两个出生地和不同的出生年月（一个是一九四八年，另一个是一九五〇年。现在我已经退休了，可以说这件事儿了。其实人多个三岁两岁，少个三岁两岁都无关大局，也无关痛痒，但是，我觉得一九五〇年更靠谱一些。按照家里当时的生活环境，我总不至于十岁才上小学吧）。第一个出生地横道河子就是一行文字而已，而第二个出生地一面坡镇，则呈现出一幅生动的画面感：那幢铁路房（医院），俄罗斯女医生，和刚出生的婴儿。喜欢第二个出生地，但我又绝不放弃我的第一个出生地。

记得我父亲说，他和我母亲是"文明结婚"。所谓"文明结婚"，就是非封建范儿的老式婚礼（那个时代提倡"新生活运动"）。父亲的婚礼是在一面坡镇（即我的第二个出生地）新世界饭店举行的，给这一对儿新人伴奏的是白俄小乐队。我相信在他们的演奏当中一定有《婚礼进行曲》，以及一些有名的外国圆舞曲。

这次我和内人开车去我的家乡——横道河子镇，实在是一个临时的动议。或许是哈尔滨的天气太热了，或许是人在疲惫的时候，冥冥之中心底就会生发出一种召唤。当然，若说是回家乡"疗伤"就太浅了，毕竟家乡是一个人的精神驿站。是啊，"马"累了，需要歇一歇啦。

先前横道河子镇，给我的印象是一幅漂亮且精致的、充满着异域风情的水彩画。清冷冷的山水河从公路下横穿而过，这样的一道风景让"横道河子镇"因此得名，镇名不仅简单、朴实、随意，而且还透着一股淡淡的山野特有的清香。早在二十世纪初，这里曾经是一个铁路小镇，中东铁路就从遥远的山那边逶迤而来，并从这里穿镇而过。请一定不要小看这个藏在深山之中的小镇，早年，它却是中东铁路沿线上的一个重要枢纽站，机车车辆厂、机车修理厂，以及铁路指挥系统的相关部门都设在这里。岁月沧桑，那个曾经繁忙的、不断地吐着大团大团白色蒸汽的老机车库，还有一幢幢牵连不断造型别致的俄式老铁路房，连同那座圣母进堂教堂，更有那个用现在的眼光已然是何等"小巧"的老火车站，沐雨淋风，冬去春来，历经百年兮依然风韵犹存。在下雪的冬季，在细雨飘零的秋天，在春风拂面，花倚栏杆，姹紫嫣红的好日子里，小镇上所有的一切：低矮的栅栏院、玻璃阳光房、方石路、门斗上的雕花雨塔，俨然是一支又一支优雅迷人的小夜曲、一曲又一曲令人沉醉的咏叹调。徜徉在小巷里，哦，是不是脚步声拨动了这无形的弦，无形的键，于是，那天堂般的旋律像瀑下的温暖阳光，让你心灵瞬间有一种超凡拔俗般的享受。

然而，这所有的一切都是先前的"记忆"了。说起来，我尚不清楚儿时的我曾经在这里生活过的风景和故事。是啊，在那个儿女众多的年代，责怪不得为生计奔忙与操劳的父母，他们不曾跟儿子讲述在小镇上生活的情景（甚至对儿女们的出生年月日也记不大清楚）。然而不然，在我并不真切且模糊的记忆当中，那条横道而过的山水河曾经发过一次水，我坐在一个大大的、空了的蜂蜜桶里顺流而下。那种孩提式的原始漂流，留给记忆的不仅仅是欢快的笑声，还有至今滞留在舌尖上的蜜的甜。我想，世界上所有的诗歌与音乐般的旋律都是在这样的记忆中生发出来的罢。

说来，我先前并不知道小镇的人喜欢吃煎饼和筋饼，还有手工制作的干豆腐连同自家酿的大酱。这的确很温馨也很特别，如同西安人喜欢吃羊肉泡馍，重庆人喜欢吃红油火锅一样。若是追源溯本，凡事都有它的出处，凡事也自然都有它的道理。当我走进小镇，看到那些几乎无处不在的美食招牌时，尤其是看到一位老妹子在街边的小亭子里摊煎饼的时候——哦，说到这儿我无论如何要停顿一下，是呵，玉米煎饼的香味儿从小亭子那儿款款飘来，这不仅是一种吸引也是一种召唤啊，乡愁使然，无论如何是要尝一尝的。摊煎饼的老妹子操着山东口音说，吃一张吧，新摊出来的，热乎着呢，不好吃不要钱。在脆脆的品尝当中，我呼啦一下子明白了，煎饼卷大葱大酱，这分明是山东人的最爱啊。是的，在修建中东铁路的岁月里，山东移民绝对是铺设这条铁路的主力军哪。传统的力量，家乡的味道，永远是你生命与生活的摇篮，它像影子一样伴随你走遍天涯，遍布江湖之路。

几近傍晚，天街上的小雨时下时歇，似乎在为即将逼近的大雨做着准备。倘佯之中，我看到小镇上亮着灯的人家并不多，听说年轻人都出去打工了，或者举家迁到县上或城里去居住了。大块儿的方石路上闪烁着银灰色的光。车辆极少，行人也极少。间或可以看到几位老人在小院外边乘凉，聊天。这里是山区，没有蚊子；一位中年汉子从小卖店买了一瓶白酒，握着它匆匆地横过马路。小镇上早晚温差很大，即便白天是零上三十度，晚上也需盖棉被。夜行火车像一条鳞光闪烁的蛇，从小镇的高地轻快地驶过。空巷之中听着自己的脚步声，总觉得吾之小镇终究是有些落寞了。

亲不亲乡里人

　　晚上我和内人便在一家民宿住了下来。这家民宿设计得很好，小花园一样。可是和湘南的民宿大有不同，它完全是西洋的格调，西洋的味道，西洋的布置。连房子也是先前的俄式住宅。外面一个小花园里种满了各种鲜花，纯粹是俄国侨民喜欢的那种生活情调，且有茶桌、遮阳伞等等。横道河子镇现在已经成为了全国旅游的热点小镇。说实话，我觉得它之所以成为热点，是因为像这样的活着的，中东铁路的历史建筑和风情已经不多见了。

　　说起我的家乡横道河子，也是西部歌王王洛宾先生的"第二故乡"。是啊，称王洛宾先生是西部歌王自然是不错的，然而却绝少人知道王洛宾先生音乐创作的起点，却是在我的家乡黑龙江的横道河子镇。这不仅是一种机缘，也是别一种命运罢。

一九二八年七月，年仅十六岁的王洛宾，独自一人到居住在哈尔滨的姐姐家报丧（他的父亲去世），便留了下来。王洛宾是在铁路上做俄语翻译的姐夫的带领下，乘老式火车来到了这个充满异域风情的小镇"横道河子"，机智聪敏的王洛宾被安排在中东铁路横道河子站做信号员。横道河子小镇的异域风情，无处不在的西洋音乐，点燃了王洛宾先生音乐创作的热情。从此开始了他几经沉浮的音乐创作之旅。就是在这里，王洛宾先生结识了志同道合的左翼文艺作家金剑啸、赛克等人，共同的理想，共同的音乐爱好，一样的青春热血，让这些有为的文艺青年成为了相伴一生的知音。就是在这个充满异域风情的铁路小镇上，王洛宾先生接受了音乐的启蒙"教育"。那时候，小镇上很多的铁路员工，尤其是那些苏俄员工对西方音乐非常喜爱，经常在工作与劳作之余吹萨克斯，弹钢琴，吹单簧管，拉手风琴、小提琴，以此来排遣他们的思乡之情，抒发他们的个人情怀。就这样，王洛宾自然而然地接触到了欧洲的音乐，特别是民族音乐。开阔了他的视野，陶冶了他的情操，滋养了他的音乐情怀。那时候在横道河子镇有一个俄侨交响乐团。王洛宾在休假的时候几乎是一场不落地去看交响乐队音乐会的演出。为了学好西洋音乐，王洛宾开始刻苦学习俄语。经过姐夫的介绍，王洛宾又结识了一批俄罗斯音乐家，进而零距离地接触西洋音乐。不久，王洛宾和赛克等七位爱好音乐的青年人组建了他人生的第一支小乐队，在业余时间免费为小镇上的铁路职工和镇上的居民表演。由于逐渐有了名气，这支小乐队开始和俄罗斯音乐家在哈尔滨的索菲亚教堂前演奏《紫色的歌》《西巴扎尔夜》等西方音乐。

一九三〇年十二月，王洛宾的母亲去世，王洛宾先生立即赶回北京处理母亲的丧事。之后，王洛宾先生开始和侨居在北京的沙俄贵族霍洛瓦特·特尼古拉·沙多夫斯基伯爵学习声乐，及相关的乐理知识。从北京回来之后，是一九三五年早春，王洛宾坐火车去哈尔滨参加了由侯小古主持的"口琴社"。这个由地下共产党组织领导的口琴社聚集了众多的文艺青年，他们不仅利用口琴这种简单的乐器演奏世界名曲，同时还演奏了像《沈阳月》，以《义勇军进行曲》改编的《乘风破浪》，《伏尔加船夫》，在民众当中宣传抗日救亡的思想。一九三七年"4·15"事件爆发，侯小古被日本宪兵带走，被杀害于太平的圈儿河。这个以音乐的形式进行抗日救亡活动的口琴社被迫解散了。王洛宾也因此回到了横道河子，继续他的音乐创作。直到翌年春，王洛宾离开了这个铁路小镇——横道河子，开启了他充满着传奇色彩的音乐之旅。

其实，我刚到横道河子小镇的当天，就去寻找"王洛宾纪念馆"了。在过去的岁月里，我虽然多次回故乡横道河子小镇，但是，那时候王洛宾纪念馆还没有建成。这一次无论如何要去那里看一看。

王洛宾纪念馆在已成为游览地的"横道河子老机车库"的后面，并不显眼。也许这儿曾经是热播过的电视连续剧《悬崖》的拍摄地，也许是这座俄罗斯建筑风格的老机车库的建筑艺术吸引了更多的游客，几乎没有人注意王洛宾的纪念馆。是啊，"总被浮云遮望眼"哪。人们忽略了这位最伟大的音乐家。毫不夸张地说，在当代之中国，无论是老年人、中年人、青年人，还是青葱的少年，没有人不会唱王洛宾创作的那些脍炙人口、旋律优美的歌曲。可是谁能想到，有多少游客竟与这座并不显眼的纪念馆擦肩而过呢。

我们去的时候，王洛宾纪念馆的那扇不大的小门上着铁锁。这里的一位清洁工告诉我纪念馆主任的电话。主任负责管理这个庞大的，包括老机车库的所有游览场所。这里只有两个人，一个是主任，另一个是清洁工。主任是个高个子东北汉子，很潇洒的样子，他说很少人到这里来参观，我一个人又管理不过来，所以没有特殊情况，只好把门锁上，以免这里的文物丢失和损坏。我告诉他，我就出生在横道河子，几次来都没有看到，这次开车跑了四个多小时，要是看不到真是太遗憾了。也许是我诚恳与渴望的样子，也许是"亲不亲乡里人"产生的作用，他同意专门给我们打开王洛宾纪念馆的门，让我们进去参观。然后他便坐在纪念馆小门外面的台阶上等候着。

在纪念馆里，我看到了王洛宾先生对横道河子小镇那段充满着情感的文字，他回忆道："横道河子是我生活过的地方，那里秋天很美，冬天很冷风很大，当时我在中东铁路横道河子站工作，负责打小旗（信号员），住在俄罗斯民居里。在那里我认识了很多好朋友，每天除了工作就是和朋友谈天说地，畅所欲言，聊音乐，谈理想，他们对我帮助很大，有些人是我一生的良师益友，我在那里学会了俄语，接触了外国民族音乐，了解了国与国、民族与民族之间的文化，极大地丰富了我的音乐视野。在那里我了解了苏维埃、列宁、共产主义，我非常怀念在那里（哈尔滨）牺牲的朋友金剑啸等人，我要学习他们。'横道'是我学习过和生活过的地方，那里是个繁荣的小镇，我至今难以忘怀。"

……

深夜，外面下起了大暴雨，其声势如同天河泛滥。在轰然作响的大雨声中，一列一列穿镇而过的火车行驶的声音牵连不断，又是那样地富有节奏。在这如同重金属般的天庭交响乐的演奏当中，我不由轻轻地哼起了王洛宾先生创作的歌曲《在那遥远的地方》："在那遥远的地方／有位好姑娘／人们走过了她的帐房／都要回头留恋地张望／她那粉红的笑脸／好像红太阳／她那美丽动人的眼睛／好像晚上明媚的月亮／我愿抛弃了财产／跟她去放羊／每天看着她动人的眼睛／和那美丽金边的衣裳／我愿做一只小羊／坐在她身旁／我愿她拿着细细的皮鞭／不断轻轻打在我身上……"在轻轻的哼唱声中，我想到了那个年仅十六岁的少年王洛宾，一个铁路小镇上普普通通的铁路信号员，在挥舞着手中的信号旗为一列接一列的火车导航的工作中，他作为一个有志的热血文艺青年，难道不向往远方吗？那一列列火车车轮敲击铁轨的声音，难道不是对这个充满着幻想的年轻人别一种召唤吗？

我站在这幢俄罗斯建筑风格的民宿里，看着窗外，是凌厉且宏大的暴雨，让我想到了贝多芬，也是在同样的暴风雨之夜，创作了他巅峰时期著名的交响乐《暴风雨》。是啊，大自然、远方、驿站、火车、美丽的姑娘，吉他、二胡、四弦琴，这条充满浪漫色彩的路，难道不是一个伟大的民族音乐家的宿命吗？

暴雨还在下，亢奋地冲刷着这个年轻又充满着异域风情的铁路小镇。哦，这应当是上天的别一场盛大的演出吧。恍惚之中，我的眼前出现了幻觉，我似乎看到了戴着巴拿马帽的王洛宾先生站在暴雨之中，站在这幢俄罗斯风情建筑低矮的栅栏院儿门前，手持指挥棒正在潇洒地指挥着这场天籁之音的盛大演奏呢……

小菜园 羊肉卷和

大清早我们就把化好的羊后腿拿到菜市场的那家牛羊肉铺加工羊肉卷。肉铺老板的手把很熟练（有一点庖丁解牛的意思），把羊肉切好了以后包成两包羊肉卷。老板娘说，我俩过去在一家做羊肉卷的工厂做工，那时候我们就是专业卷羊肉卷的。接着，她说，把剔出的羊骨给你们剁成小块，你们回去熬汤非常好喝。

我看到他们这里还卖毛肚、牛肚。我说，你也给我切一些，今天晚上我做羊汤。我注意到老板娘的眉心有一个痣。呵，真是有福的一个女人。可我内人却问，有福还卖肉吗？我转念又一想，难道卖肉就不幸福吗？幸福与否与一个人职业并无关系的。

小菜园的香椿树终于长出小芽儿了。内人说，咱们这个小菜园啊，种啥啥活，真稀罕人。倭瓜也开花了，黄色的，嫩嫩的，真美。只是，有一个倭瓜花被内人不小心碰掉了。她说，哎呀，太可惜了，一个倭瓜没了。我说，没事，植物的自救能力很强，很快就会再开出一朵来。

小菜园里的辣椒居然结出一个小辣椒。我跟内人开玩笑说，嘴急，就可以吃了。

苦瓜长得也很好。几乎是你看着它们不断地长高，一天一个样。地里的鸡毛菜、小萝卜、小白菜、香菜、生菜，都长得非常好。我想，大概过一两天就可以吃了罢。

今天的天气非常宁静，天空蔚蓝。悠闲地欣赏菜园里的这一切，真的是有一种神仙的感觉。

中午的饭比较简单，炒西葫芦和买的鸡骨架（有人说鸡骨架是穷人的食品，特别是酒鬼的最佳酒饵，鸡骨架非常便宜，四五块钱一个，虽然没有多少肉，但很扛吃，一边喝酒，一边吃，一边聊。可以喝一下午）。还有五香豆腐干儿。这种豆腐干儿是原味儿的，很好吃。我喜欢。

晚饭是香椿芽炒鸡蛋。但想不起来是什么原因，跟内人吵了一架。是啊，不吵架的夫妻不是真实的夫妻。

雨中琐事

今天的天气很好。黑龙江的五月俨然江南的早春二月。换句话说，黑龙江的春，总是姗姗来迟。

前两天一直在下雨，现在依然在下，一开始是雷阵雨，忽而大，忽而小，后来发展成了大暴雨了，电闪雷鸣，那气势俨然上帝指挥的大自然交响乐，非常棒啊。

是啊，这一下雨，菜地就没法下了。说点儿高兴的事儿吧。早晨开车去小院正好赶上一、四、六的大集。十字路口到处都是出摊的摊贩。入口处那个卖豆腐的女人还在，她的豆腐一级棒，颤颤巍巍，白白胖胖的。回家做酱泼大豆腐（用鸡蛋酱，放上洋葱末、香椿末、小葱），把炸好的酱泼在大豆腐上。这种纯东北的吃法非常好。又做了点儿黄米粥。黄米属于杂粮，煮粥的时候要多放一点水，再放一点大米，这样煮好。煮粥的时候一定要热水下锅，袁枚先生在他的《随园诗话》里聊过这件事，只能人等粥，不能粥等人。粥凉了就不好喝了。看来袁枚先生也是一个地道的美食家呀。

昨天一夜的雨已经下透了，地里的小白菜、香菜、小水萝卜，都长出新叶来了。是啊，是啊，只要是天天到小院来，天天都会有新发现，新变化，心情也很好。如此这般岂不惹人挂念？来来往往的邻居，在小院前驻足，看一看，聊上几句。那位八十二岁的邻居老王大哥用纯粹的山东话说，你们这地伺弄得很好啊。我说我们不会弄，就是一个玩儿。总结总结经验，明年再好好种。他告诉我，黄瓜不能打丫子，打丫子黄瓜会很苦。又问，你不知道吗？我说我还真不知道。唉，这可真是，不打丫子的时候，有人告诉得打丫子，打了丫子又告诉打了丫子的黄瓜会很苦。老王大哥说，豆角可以打丫子。噢，我知道了。我说，不过，苦一点的黄瓜我喜欢吃，对胃有好处。老王大哥用手点着我，笑着说，说得也是，苦也是一味呀。

之后我又去看邻居家的地，人家菜园无论是黄瓜、辣椒，还是茄子都长得挺好。开始是我家菜地的菜长得最好，但现在，人家很快追上来了。

中午，日报社的王编辑发来短信，希望我写一篇关于早市的文章，最好是那种有人间烟火味的文章。我说，试试吧，谁知道能不能写出来。按说我接触早市也有三四十年的历史了，应该写得出，但可能由于太熟悉了反而熟视无睹，觉得心里没底。但总是要写的嘛，这也是一个小小的挑战。

就这样，文章写成了，题目是《亲亲早市》：

　　我对早市那种特殊的情感和依赖，屈指算来大约已经有三四十年的历史了。逛早市，几乎是全国民众的一种由来已久的生活习惯，或可称之为有温度，有亲情，有故事的民风民俗。记得我住在江边的时候，在紧邻松花江边的那个"缚苍龙"的雕像广场，无论刮风下雨，无论寒风飘雪，每天都是有早市的。早市的管理是很规范的，似乎是早上五点开始。人声鼎沸的早市真是包罗万象，应有尽有，千样货色，粲然锦色，让人目不暇接。除了卖蔬菜瓜果，鱼肉蛋禽之类，还卖各种生活用品，厨房用具，廉价的服装鞋帽，等等。早市里的东西真是天上地下，五湖四海，无所不包，无所不有，你可能在"京东"，在"淘宝"，在"拼多多"买不到的东西，在这里都可以找到，而且物美价廉。说实话，咱老百姓逛早市的另一个潜在原因，就是喜欢早市的物美价廉。实话实说吧，逛早市的买主都是低标准的，他们不追求奢华，也不喜欢大商店、大超市，他们就喜欢这里，这儿的东西新鲜，便宜，更贴近平民生活的本质，更贴心，也更暖心。比如说哪个青年民工初次去老丈母娘家，咋也得穿一套新衣服吧？可兜里的钱没那么多呀，不过这不是问题，早市可以帮你解决，一套像模像样的衣服，裤子，鞋，包括帽子，甚至再配上一副蛤蟆镜，一百块钱左右下来了，多好。

其实我最喜欢的是早市的风味儿小吃，像油条、油糕、麻花、刀削面、饺子、拉面、扯面、甩饼、油饼、烧饼、豆沙饼、馅儿饼、肉包子、馄饨、炸丸子、炸小鱼儿，真是让人眼花缭乱，垂涎三尺。我特别喜欢那个一家三口经营的兰州拉面，我经常自己或者带着家人一块儿去吃，大碗拉面六块钱，小碗的四块钱，十块钱买两碗，而且面量很足，味道很正。我通常是要一大碗。拉面煮得软硬适中，而且上面的速度很快，我通常是要中细的，有人喜欢韭菜叶，还有人喜欢那种极细的拉面，真是有趣儿。粗粗细细的拉面通过不同的舌头能品出不同的滋味来，这叫一个神奇。面里自然还要放些香菜叶和牛肉片，这就地道了，汤是老汤，真不错。我通常还要上几瓣大蒜，吃一口热拉面再就上一口大蒜，真棒。吃得很开心，很舒服。难怪中医讲"治病先治胃"，胃好了，心情就好，心情好了，再看世界不一样了，能够更理智，更有亲情，也更客观了。不是有那么一句话吗？心情好了，整个世界都是美好的。我的朋友、著名导演李文歧先生，他打电话，发微信，第一句话通常是，兄弟，最近心情怎么样？说得好，问得也好。有时候我也会领着外地的朋友跟我一块儿去逛早市，并选择在那里吃早餐。绝对不是为了省钱，是让他们体验一下哈尔滨这种浓郁的，充满着幸福的民风民俗民情。记得央视来拍我的《一个人和一座城市》的纪录片，我就把他们领到江边的早市，让他们拍一拍。他们都觉得这真好，真热闹，感觉特别亲切，吃得也很开心。

......

这让我想到了法国的塞纳河畔的旧书摊儿，已经有上百年的历史了，各种各样的旧书、旧报纸、旧书信、旧画、旧手迹都有，几乎世界上所有到过法国的文化人、观光者，都喜欢到那里去逛一逛，去寻找自己所需要的东西。这旧书摊儿不仅没有破坏塞纳河两岸的风光，反而增加了一种文化氛围。这种现象在欧洲的许多国家都是如此，不仅有旧书、旧物市场，或者叫跳蚤市场，还有各种各样的蔬菜摊儿、肉摊儿，等等。这不仅是对寻常百姓生活的一种补充，一种滋补，甚至也可以浪漫地说，这也是别一种生活的乐趣。

......

晚上，邻居家小媳妇过来帮助内人把菜园角落那儿疯长的野草拔掉。野草的根扎得很深，用铁锹和镐才把它们挖了出来（这可是一个货真价实的力气活儿啊）。内人趁势又移过去几棵向日葵苗。她种地的热情已经超乎了种地本身了。

月亮升起来了，又大又圆。这让我想起了鲁迅先生写的那篇《故乡》里的那轮金黄色的圆月。我坐在小院里，扇着蒲扇，喝着茶，享受着夜的美，夜的沉醉。

花之情

　　网上买的两盆花到了。一盆是桂花。当年我去成都到杜甫草堂时正是农历的八月，满园的香气。当时我不知道这是什么香，问旁边那个清洁女工，她说，桂花呀。对呀，八月桂花香啊。多少年了，这香一直没有从记忆中散去。那好，买桂花。据说桂花耐寒，只是不知道是不是真正的耐寒，所谓的寒，哈尔滨才是真正的寒冷，其他地方的寒冷（不过零下五六度，十几度），不能算真正的寒冷。然后又买了一盆山茶花。据说山茶花也耐寒（这都是未知数），买了再说吧。总得试试吧，经验就是从实践中而来，哪怕是个实验。虽然这样的行为很愚蠢，很可笑，很小孩。既然喜欢总得试一试。

　　买山茶花也不仅仅是网上说它耐寒，这里还有一个有趣的原因，年轻的时候，我曾经处了一个女朋友，一次她给我带来半包茶花牌香烟，她笑嘻嘻地说，是从她父亲那偷来给我的。所以，我就记住了"山茶花"，且对它有一种特殊的爱好。当然不仅如此，还因为我在网上看到山茶开着五颜六色的花态吸引了我。

看到山茶花，我想到了"谁掇孤根墙解栽，天然农艳衬瑶台。岁寒松柏如相问，一点丹红雪里开"（《咏朱墨斋山茶花》宋·金朋说）那首诗。

同学与学人

这些日子 c 不断地打电话来，真是不堪其扰，只好把他拉到黑名单里。但他仍然坚持不懈地打电话，他还请 m 给我打电话。m 是我交校的同学。她在电话里说，c 一想起你就哭，就流泪。这让我感到很惊讶。m 说，c 得了癌症了……

说起来，我和 c 已多年没有联系了，十年？二十年？谁知道呢。在交校读书的时候，我和 c 是最好的朋友，彼此有说不完的话。星期六，同学们都回城里的家了，整个学生宿舍只有我们两个人。我们就躺在大通铺上聊天儿，直到食堂的大师傅敲门，喊我们过去吃饭才知道已经是下午三点了。问题出在工作以后，我去北京出差，不是好朋友嘛，便顺便去看望一下 c 的父亲。c 的父亲离婚后在北京一家纺织厂工作（又重新组建了一个家庭）。

说起来我不过是到他的父亲家看望了一下就告辞了。当时 c 的父亲想给我一点儿北京的布票，我婉言谢绝了。让我感到意外的是，c 的媳妇却在同学当中散布谣言说，我拿了 c 的父亲许多布票、粮票，本是让我捎给他们的，都被我私匿了。让我感到更意外的是，c 也相信了他媳妇的话。这让我很伤心，而且这件事情给我在同学当中造成了一些困扰。也是我们当时太年轻了，自尊心太强，受不得委屈，我就给他父亲写了一封信，希望他能出面澄清一下。他父亲写信给 c 郑重地澄清了这件事情。即从那以后我们就断绝了来往。这之后，他也曾经主动找过我，希望重新和好，我还是婉言谢绝了。这样算下来就不止是十年二十年不见，而是三十多年没见了吧。现在他给我不断地打电话，可能是自己的生命到了临终时节，想当面向我忏悔？谁知道呢。其实，我不想同他见面绝不是还记恨那件事。我是觉得这件事已经无足轻重了，不是什么大事。人这一生被人误解，被人错怪也是常有的事。可以这样说，比如说我的友谊，我的一个年轻同事和他那个边城的女朋友分手了，推说是我和一位姓李的作家从中作梗。这可是天大的谎言，怎么可能呢？以至于他先前那个女朋友到现在还记恨着我们。总之，一个没受过委屈的人生是不完整的人生。虽然彼此不再是朋友了，但是，我真诚地希望苍天保佑他，我愿意为他祈祷。如果 c 看到这篇文章，就权当我向你道个歉。那时我们太年轻了。

小院里安了互联网以后就方便多了，不再浪费手机"热点"里的流量了。

近来，随笔写得多了起来。其实，不过是想将自己所经历的一些事记录下来，将自己心里的种种困惑表达出来，也不枉生活得有一点意义。如果说，年轻的时候写作还有一些功利上的考量——这我必须得承认，真的是有，但是，到了我这个岁数，这样的想法已经完全没有了，它不再成为困扰我写作，干扰我行为的蠢事了。有时候我也看到某些人一直在冷眼关注他人写作的成绩，活得很琐碎也很庸俗，把自己搞得很机警，很累，似乎也很气愤。这是他们从事文学创作当中的一个坎儿。不过，我始终坚信，岁月会把这样的顽疾治好的。

记得多年前我曾经和一位博士生聊天，他总是讲他学过的那些知识，他读过的那些书的内容，仿佛这些观点、这些内容是他的观点、他的立场，是他的见解一样。而且表达这一切时一律是用晦涩的语言。毫无疑问，这会妨碍彼此的交流。记得我有一个朋友跟我说，我不愿意跟他聊天儿，太累。后来，交往的时间长了，我发现他是一个很好的人，一个很好学的人，也是一个很有自尊的人，并且是一个很有前途的学人。开始交往的时候彼此还比较生疏，不好意思提出来，现在终于可以跟他说，我们尽可能把那些晦涩的东西变成明白如话的文字表达出来，即所谓的深入浅出。这才是真功夫。既然我们是跟别人交流，最重要的一点，就是要把我们的意思迅速地渗透到对方的感知世界里去。还有一点，我跟他说，我注意到，在跟你交流当中，我发现你没有观点，你的观点全部来自于书本。这说明你没有独立的思考能力和习惯，你应当从他们的思考当中总结出自己的思考、自己的怀疑和自己的判断。他当时的脸色很不好看。但我很快发现他后来写的文章，他讲的话不仅明白如话，而且是深入浅出。学人就是学人，我辈还差得很远呢。

淘气的小外孙

　　女儿发来短信说，星期一到星期三，这三天她给儿子放假，让他到小院里来玩，问我怎么安排。我自然很高兴，我喜欢这个淘气包，虽然说这小家伙又聪明又可恨，但是，我始终认为是他妈妈对他管束得太严了，我称她对外孙子的管束是冰火两重天，喜欢的时候宠上了天，当外孙子做错了什么事就用戒尺打，打得孩子身上屁股上青一块紫一块的。不过有趣的是，当我问小外孙，你妈打你，你不恨你妈吗？他却说，我妈是为我好。竟然是一副理直气壮的样子。这可真是母子情深啊。有时候我问他，在家里人当中，你认为谁第一好？他毫不犹豫地说，姥爷。我说，你必须说实话，我喜欢听实话。他说，好的，第一好的是妈妈，第二好的是爸爸，第三好的是奶奶，第四好的是大姨。然后，这个小兔崽子瞟了我一眼，说，第五好的是姥爷。我听了虽然心头有一丝的不快，但不管怎么样，教育小崽子说实话才是最重要的。所以我没有问他，为什么我在他心里是倒数第一。

我和内人为了小外孙的到来做了一个小小的预案。我觉得小孩子主要还是玩儿，不像大人，喝酒啊，吃肉啊。这样的事他自然不感兴趣。我决定在院子里烧烤，让他大姨也一块儿过来。这样边玩儿，边烧烤，会过得更有意思一点。还有，既然到小菜园来了，那么就不妨教他一些关于蔬菜的知识。小孩子多知道一些总是没有坏处，让他知道平时他吃的那些蔬菜来之不易。我记得我们小的时候，没有这么多的方便条件，也没有什么智能玩具，等等，就是自己到野外去玩儿，抓蚂蚱，抓蜻蜓，扑蝴蝶，钓鱼，上树掏鸟窝，等等。不仅对大自然有深厚的感情，也因此获得了一些知识。

有一条，我跟他妈妈也讲了，小外孙到我这里来，不要让我管他学习的事，我不管学习。管小学生什么学习？那都是吃饱了撑的。真正管孩子的学习也得等孩子上了初中以后。在我看来，哪个孩子也不会输在起跑线上，第一个冲出起跑线的不一定是第一个到达终点的人。而这样的概率占百分之九十以上。我们看国内国外的大型田径比赛，这种现象非常之多。但是，这种现象似乎对普天下的年轻父母没什么启发。还有，我念书的时候，那些学习走在我们前面的同学到了成年，我发现这些学习好的学生竟然有百分之七十以上，落在那些学习一般的同学后面。事实胜于雄辩。因此，小学生的教育重要的是品德教育、诚实教育、志气教育、爱好教育。只要他们聪明，一切都不是问题。

记得我的一个远亲为了教育和培养他们的儿子，初中毕业就把他送到外国去上高中，上大学。为了供这个孩子在国外念书，他们两口子省吃俭用，几乎过着清教徒式的贫苦生活。孩子归国后，在一家公司里做一个普通的职员。我觉得前面那个过程真是多此一举，做一个普通职员用不着走这么大的弯路，花费这么多的钱财。尽管说可怜天下父母心，但没有必要为了这无望的前途苦了自己。总而言之，就是不要把简单的问题复杂化，理想化，神化。

过去小外孙到我这里来，多是因为他父母、爷爷奶奶太累了（那小孩子在家里玩儿，就像一个谁也抓不住的蚊子，搞得大家精疲力竭），希望到我这里住两天，他们好好休息一下，喘口气儿，把小外孙搞得乱七八糟的屋子也好好收拾一下，打扫一下战场。于是我跟女儿说，丑话说在前面，将在外君命有所不受，千万不要指望我督促他学习。他愿意学习就学，愿意写作业就写，随他的便。

　　说到这里，我注意到小学生的一些数学题真是混账，一道明明白白的数学题非要绕来绕去的，明白的话不明白说。这有必要吗？这是谁出的题呀？这是在教数学呀还是猜谜语呢？可奇怪的是，小孩子居然都能把它搞懂，真是咄咄怪事。记得有一次小外孙在我这里玩过头了，临去上学的时候突然跟我说，姥爷，作业还没写呢。我说，没事，不要紧，你就跟老师说，是我姥爷不让写的，叫你们老师给我打电话，都留些什么乱七八糟的作业。小外孙说，姥爷，不能这么说。

　　我觉得中国的中学生和小学生的老师都疯了。

黄牛场

这几天的事情比较多，昨天晚上，我的好朋友王如先生打来电话说，端午节了，能不能到他那儿玩一趟。他说，老师大哥，我给你准备些鸡蛋、鸭蛋。他还告诉我，他现在正在海林，还有他的两位朋友也在一块儿写东西呢，也想趁着端午节放松几天。你过来呀，咱们聊聊天儿喝点儿酒。

王如先生这几年一直忙着儿童文学的创作，出了好多的书，而且影响力也越来越大。如此一来，他文学创作的自信也越来越强了。但对去他那里玩儿我还是有些犹豫。既放不下小院，又放不下手里正在写的东西。

最后，还是决定去王如那儿散散心。当天去，当天回，顺便享受一下路边的风光。没错，我的这种行为是一种逃避。谁能说人们的旅游、旅行不是别一种逃避呢?

说走就走。头天晚上就给王如打了电话，王如有点吃惊（原以为我不去了），不过王如是一个稳重的人，说，好啊，老师大哥，欢迎你来。

第二天一早开车出发。王如发来了他所在的"黄牛场"位置。我说快到的时候再跟你联系。

去大庆的这一路风光我是非常熟悉的，年轻的时候，经常开车从哈尔滨跑大庆。不过当年的路是土路，非常难走，尤其是到了五月份，冰雪刚刚融化，道路严重翻浆，黑泥膏子似的，极其难走。而且从哈尔滨到兰西这一段路都是"排骨道""盆底儿坑"（有人称是搓板路），不过，你得说当时的那种老式解放牌大卡车是真扛造，如果是用现在这种俗称"易拉罐"的车，早就颠散架了。

车子行驶在松嫩大平原之大草原段上，一直延伸到天边的草色黄黄绿绿，放羊的，放马的，放牛的，随处可见。即想到古人的那首诗：天苍苍，野茫茫，风吹草低见牛羊。不过，我明显地感到这个地方曾经经历过狂风，几乎隔不远就能看到，竖立在公路两旁的巨大广告牌被狂风吹倒了。天，这分明是飓风的感觉呀。

车子很快进入了黑蒙（黑龙江和内蒙古）边界，路边的建筑开始呈蒙古族风格了。先前这原本是一片荒凉的盐碱滩，是不适合生长粮食的（听说只适合生长荞麦），都是一些牧草和狼毒大戟。年轻时开卡车经过这个地方，曾经开车撵过兔子，停车撒尿时捡过（带石油味儿的）野鸭蛋。真是富饶的黑龙江，壮美的北大荒啊。

我看见前面高高地耸立着一堆石头，近前才知道是铁人王进喜的雕像。经过长年的风吹雨打，雕像已经变得斑驳不堪。是啊，王进喜是开发大庆油田的大功臣。然而不管怎么说，毕竟还有人给他竖了一座雕像。我们很多人是很喜欢取代精神的，甚至喜欢否定过去。这非常不利于文化的传承和技术的传播。

继续往前走吧，多么蓝的天哪。不过，听天气预报讲，今天下午三点有中雨到大暴雨。不知道准不准，但是既然人家这么说了，那就抓紧赶路吧。

王如和他小小的团队就在黄牛场那个地方封闭写作。这几个创作儿童文学的年轻人已经写成精啦，听说有不少出版社和他们签约，非常地厉害。但愿我们的到来不会打扰到他们井喷式的创作。此行就是出来散散心。这心呀，太累了。无论我的个人简介上怎么说，毕竟自己是一个普通老百姓，比不得那些高尚的人，人家高尚之心像大海，像草原一样宽阔，咱就是一个小水坑，哪怕是"啪嗒"一滴水掉下来，整个水坑里的水都在一圈儿一圈儿地颤哪。

不知道我为什么想到了作家们参加的那些商业活动。我认为那些活动，不过是用文学的形式给对方写一封表扬信（当然，这未必是什么坏事、俗事，为一个地方的经济和旅游事业发展，写一封文学式的表扬信，也没什么不好）。但是，如果是你自己出来旅行，虽然是自己掏腰包，你的收获和那样的活动感受完全不同，品质不一样，质地不一样，自由度也不一样，收获就更不一样了。个人出行有绝大的自由，衣食住行、风土人情的感受纯粹是主观的。

黄牛场在一片荒原上，是一个新建的"村子"。据说，形成这个新村是因为大庆石油战线许多职工退了休以后，希望换一个环境，寻找一个安静的地方安度自己的晚年，黄牛场就成了这些退休职工们的共识和首选。他们在这个地方盖了房子，并且有简单的街道和菜地，非常地舒适，非常地田园。可是，住过几年以后，他们渐渐地厌倦了，虽然说这里风光美，很安静，但是这里毕竟没有相应的，像大城市里的大超市、音乐厅、花园广场、医院和一些娱乐场所。后来他们陆陆续续地离开了，这里几乎变成了一座空村。这恰好给王如他们的封闭写作提供了非常好的条件。他们通过朋友们介绍就住在这里。况且住房的设施都非常完善，有高档的茶台、卫生间、现代化的厨房、淋浴间、空调，可以说应有尽有。院子外面还有很大一片可以随便种，随便吃，随便摘的大菜地。这真是上辈子修来的福哇。

我和内人到达农场时恰好是中午。王如已经事先为我们准备了丰盛的午餐，酥鱼、土豆烧牛肉、辣椒炒干豆腐，还有类似苏泊汤的一道菜，汤里面有辣椒、土豆、柿子，看上去很好看。烧茄子做得也好，很漂亮，吃起来味道很清淡。除此之外，炸鹌鹑也香喷喷的。做菜的那位女同志曾经是一家化工厂的书记，她说她做菜从来不搁任何调料，就是盐，这样做起来会更加绿色、环保。古人说："厨者之作料，如妇人之衣服首饰也，虽有天姿，虽善涂抹，而敝衣蓝缕，西子亦难以为容。"所以，无论做什么菜，作料是很重要的。但是，我觉得每个人的追求和坚持都有他们的道理。

他们从一大早就开始忙活了，一直忙到中午。平时他们执行的是值班制，每人轮流做饭。看到他们齐动手专门为了招待我们，颇有些过意不去。这顿饭大家吃得喝得非常开心。其中还有一个特别有趣的小细节，大家都不好意思吃炸鹌鹑，看到这种情况，我就带头吃，并且告诉他们怎么吃。其实我并不知道怎么吃，主要是化解一下尴尬的气氛。大米饭是那个年轻女作家蒸的，她是第一次做饭，估计在家里也是不做饭的，她打开电饭锅，一看，觉得自己做得非常成功，非常开心。她兴奋地说，哇，真有成就感。

午饭后参观院子外面的菜地。菜地里种的品种很多，土豆、白菜、茄子、豆角，等等，并且还有专人为他们管理菜园（天哪！简直是纯地主的生活）。而且，当地文化局的领导还经常下来看望他们，给他们带来一些好吃的，甚至还亲自动手给他们做顿好饭，希望他们多写写当地风光，吸引更多的人到这里来游玩、度假、养老。我看到王如他们这种写作形式，很羡慕。中国的文学不单是靠几个大家，几个名人，更要靠这些默默无闻在地方奋斗的文学爱好者。

写作之余，他们便在一起喝茶，讨论各自的作品。这样的形式，年轻的时候我也曾经历过。记得早年《哈尔滨文艺》杂志社曾在背荫河举办了一次笔会（那是我第一次参加笔会）。那个地方之所以起名"背荫河"，是说阳光照不到这条河的河面上。背荫河是一个雷区，还有一个小型监狱。监狱的外面有一个招待所，专门招待那些来探监的犯人家属。当年我们都是一些刚刚入道的文学青年，用老百姓的话说，都是些啥也不是的人，一些小嫩兔子。但是这些小嫩兔子们都有梦想，希望能够写出好作品，希望能出名，希望能当大作家。我们就住在那个犯人家属招待所里写作。这家招待所平时也"招待"不了几个犯人家属，来探监的人也不多。在那里我们吃的是普通的东北菜，茄子炖土豆啊、白菜炖粉条儿、土豆炒芹菜丝、干豆腐炒辣椒、大馒头、大发糕，等等，大家都觉得非常好吃，非常香，每个人都能吃很多。吃过晚饭大家就出去散步。据说前面不远的山里有一个专门制造炮弹的兵工厂。这就让人想不通了，在雷区建生产炮弹的兵工厂这不是玩火吗？散步回来以后，大家在犯人家属招待所里讨论各自创作的文学作品，每个人的发言都是那样坦诚，那样真挚，那样直言不讳。像这样的笔会现在似乎越来越少了，离业余作者们也越来越远了。

从黄牛场开车往回返的时候，天飘起了小雪。开始我还以为是柳絮杨花，但仔细看，的确是小雪，扑到风挡玻璃上就化了。这边还小雪呢，车子继续前行，小雪变成小雨，紧接着，雨越来越大，形成了狂野的大暴雨，只有打开快速的雨刮器才能看清前面的道路。是啊，松嫩大平原是何等地有魅力。这之于我都是一种非凡的感受哇。

那么家里小菜园那个地方是不是也在下大暴雨呢？

五彩线兮端午节

早晨,《人民日报海外版》的杨主任发来了我在小院写的那篇《五彩线兮端午节》的电子版。这篇文章就是在小院里写的,在小院里写作,安静,坦然,从容。我是这样写的:

清晨起来,照例去逛早市,这多年之习,既可以满足散步,还可以顺便买一些新鲜的果蔬。一举两得,不亦乐乎。但是,受当下新冠肺炎疫情的影响,逛早市的人少多了,各种摊贩也了无踪影。先前的那种人头攒动的热闹,如同舞台戏般的不绝于耳的叫卖声,以及热气腾腾小吃的饭摊儿,连同美食制作师傅的精彩表演,均已悄然退去。踱步如此空寥的环境,说句玩笑话,竟有一种洒家专属早市的陌生与不适应了。然而不然，这样的清静反而给人一种安全感，一份舒心和温暖。心里想，只要大家安康就好啊。

逡巡之间，如春花绽放，让我惊讶，让我错愕，不远处，一位鹤发童颜的老汉站立在早市的一隅，俨然一位神，守在他身边的架子旁，那架子上的物件充满朝气，充满活力，充满喜庆，挂满了大大小小的彩色葫芦、红艳的小荷包、布制的小粽子、精巧的小扫帚和迎着晨风微微拂动的五彩线。在这位"神"的脚边，还整齐地摆放着一扎一捆的粽子叶、艾蒿和一束束迷人的野菊花。哦，我的神哪，这分明是端午节快到了呀。

我走了过去，彼此间隔着一米多的距离（这是特殊时期安全加礼貌的距离），同"神"聊了起来。我问，这个时期还有人买吗？他笑着说，有啊。疫情了，买我的葫芦可以给孩子驱邪，买我的艾蒿能给家人驱病，保佑一家人的健康，买我的小扫帚呢，还可以扫去家里的晦气……他如数家珍般地娓娓道来，一时间竟说得我泪眼婆娑起来。我说，兄弟，每样我都买一种。这位神立刻冲我竖起了大拇指说，嗨，这才是懂生活的人啊。临别的时候，他居然说了一句让我特别开心的话：三闾大夫保佑你！哦，这八成还是一位有文化的人哪。可转念一想，关于屈原，哪一个国人不知道他是一位流芳千古的爱国诗人呢？就在那一瞬间哟，我多么想自己也像一个诗人那样，夸张地举起手臂，说，兄弟，屈原保佑你。

发乎于情，对端午节总有许多温馨的回忆。那时节我的母亲还年轻哪，家临着松花江也不过是千米的距离。我这个"写作文的人"（小外孙的话，"姥爷是一个写作文的人"）称母亲的家是"临江第一楼也"。得天独厚，这幢"临江第一楼"还是一个天然的观景台，每逢端午节前后，松花江边是全城最热闹的地方，而这人喧语宏的声浪从午夜时分就开始了，如同歌剧的唱词"今夜无人入睡"。至于那大江洗岸的涛声，列树婆娑的清唱，早已被滚滚的人潮淹没了。临窗俯瞰，这锦龙般的十里长堤，牵连不断的是叫卖各种风味小吃的吆喝声，是小商小贩在兜售他们手工制作的彩葫芦、彩挂件儿的喜兴。我在想啊，民俗民风如这般的欢乐，即便是外国的郁金香节、万圣节、男孩节，似也无法与之媲美罢？

其实，在端午节之前，我和哥哥便要过江去采艾蒿、青草和野花了。在我的记忆中，这是母亲分配给我们最愉快的任务了。为了省下船票钱，我和哥哥从来是走江桥的。走江桥的好处不仅能在微微摇晃的大桥上获得居高临下的视角，俯瞰松花江奔赴远方的壮观，还可以让江风吹拂起你的黑发，并于这猎猎的飘动之中陡然升起一种英雄之感。是啊，这比天还大的特殊感受就这样植入你的胸怀，直至今天，成为了你不曾预想过的文学创作的活水。我想，这不仅是缘分也是命运罢。

　　或许是受到早年俄国侨民的影响，去江北踏青的时候，我们兄弟的另一项任务，是要割一些青草回来。早年哈尔滨的俄国侨民在春天的时候，或者是入乡随俗，或者是对春天情有独钟，他们在端午节期间和当地的中国人一样过江去踏青。不过，他们会采一些青草铺在自家的地板上。青草铺就的地板立刻变成一块绿色的草坪。没错，光脚走在上面那种轻踏中别样的神奇不仅能嗅到青草的清香，还会让身体里升起一缕清爽的活力。屈原词云，"四壁撒满香椒啊用来装饰厅堂。桂木作栋梁啊木兰为桁椽，辛夷装门楣啊白芷饰卧房。编织薜荔啊做成帷幕，析开蕙草做的幔帐也已支张"（罔薜荔兮为帷，擗蕙櫋兮既张；白玉兮为镇，疏石兰兮为芳；芷葺兮荷屋，缭之兮杜衡。合百草兮实庭，建芳馨兮庑门）。读来于今，何其相似乃尔。

　　还记得在端午节的一早，第一项并不是吃粽子，而是在母亲用艾蒿泡过的水里洗脸、洗手。唉，童年无心，居然没有问过母亲这是为什么。现在想来，这样的做法，一定是可以驱邪祛病的罢。这一天，母亲照例要给她的孩子们在手腕子上扎五彩线。不消说，妹妹们都是很欢喜的，她们不仅在手腕上，在小辫上也扎上五彩线，还要在脖子上挂一个小吊帚，一个个像旦角儿的小美人儿似的在街上玩耍。只是男孩子对这些配饰并不大喜欢，可母命难违呀。何况又不是自己一个男孩子扎，邻居家男孩子们的手腕子上都扎着五彩线，说是可以辟邪驱除病魔。据说日本的"男孩节"同中国的端午节的风俗也有相似之处，他们除了和中国人一样吃粽子之外，并不像中国人那样在自家的门上挂艾蒿叶用以驱邪祛病，而是在院子里插鲤鱼旗、身上挂武士的玩偶用来驱邪除秽，用以祈祷健康和事业成功。总之端午节之风习的种种，无疑是一种净化环境与心灵的仪式。

给孩子挂五彩线的传统风俗，我从母亲那里继承了下来。每逢端午节，我照例去早市买来五彩线给女儿扎上，年复一年，一年不落。忽焉一天，女儿说，老爸，我都多大了，你还给我扎这东西。于是我开始改为给我的小外孙扎五彩线。天可怜见，这个男孩子也不喜欢，但是大人的话总是要听的吧。饴孙之乐也是一个小小的争斗之乐呀。

窗外的风景不仅热闹也让人想入非非。常看到一些年轻人在端午节的头一天就乘船到太阳岛上野营。他们在那里点起篝火，弹琴、跳舞、唱歌、烧烤，准备迎接第二天的端午节那轮浴江而出的玫瑰色朝阳，以青春的激情，青春的活力和青年人无比地自豪，领略太阳岛日出的壮美与神韵……

这一天，"太阳岛"似乎已经被端午节所专属了，庶几衍生成伟大诗人屈原先生的宏大气场，神圣的纪念地。太阳岛也成了一处人间天上难寻的诗人唱合之圣岛。宋代著名史学家、词人宋祁说："《离骚》为词赋之祖，后人为之，如至方不能加矩，至圆不能过规。"这就是说，《离骚》不仅开辟了一个广阔的文学领域，而且是中国诗赋方面永远不可企及的典范。我想，这样的评价屈原先生自然是当之无愧，而这源自于民间的盛大庆典，对屈原先生而言同样是实至名归。

……

嗟乎，今年则不同啊，今年的端午节似乎没了可以慰遣寂寥的心绪。不过若是细想一下，也并非没有端庄的收获，譬如，在这悠悠寂静的环境当中，就更能品味到屈原先生在《离骚》中所咏叹的："我决定远行的时候心情是愉悦的。然而就在我升腾于云天之际，从高空中忽然看到我的故乡，就再也不忍离去了……"（抑志而弭节兮，神高驰之邈邈。奏《九歌》而舞《韶》兮，聊假日以偷乐。陟升皇之赫戏兮，忽临睨夫旧乡。仆夫悲余马怀兮，蜷局顾而不行）。

有了这份家国情怀，有了这份浓浓的乡愁，端午节依然神圣，美好。

煎鳕鱼

　　小菜园的附近有一家叫小月亮的超市，是一家小超市。虽然是小超市却经常会卖一些紧俏商品，例如说各种水产品，像带鱼、鲤鱼、海参、鲍鱼，等等。我比较喜欢鳕鱼，鳕鱼肉质白嫩，无论是煎还是用来做饺子馅儿，都非常好，于是买了五斤冻在冰箱里。说来，这个想法还是来自于女儿的提示，她说，老爸，你一定要买这个东西，不仅非常好吃，而且做起来也很方便。领导的话不一定听，但女儿的话是一定要听的。只是人一直在外面奔波，像无根的草随风飘零。但是记忆力并不配合你，半年之后才想起来冰箱里还存放着五斤鳕鱼呢。不仅有鳕鱼，还有肉啊，骨头棒啊，鸡腿啊，等等。小院里的冰箱是一个崭新的冰箱，先前那个冰箱被女儿五十块钱卖掉了。现在的年轻人就是这样，能卖就卖，越清静越好，美其名曰"极简生活"。据说这是从网上的一个专门整理家务的女专家那里学来的。现在的年轻专家真是反传统的专家啊。从我们那个时代过来的人绝不会这么败家的，我们包括我们的父辈们什么都舍不得扔，啥都留着，一根针，一根线，一根绳，一根铁丝，都要留着。为什么呢？因为恪守着这样一个信条：有时防无时。指不定什么时候能够用上。而时代说变就变了，那种"新三年，旧三年，缝缝补补又三年"的时代一去不复返了。遥想当年哟，老大的衣服穿小了给老二穿，老二穿小了再传给老三，以此类推。当年满街都是衣服带补丁的人。现在不要说带补丁了，过了时的新衣服都毫不吝惜地随便扔掉了。也难怪各行各业的年轻人那么烦老年人。

我们还说做鳕鱼。将鳕鱼切好以后，放上盐呀、五香粉、胡椒粉，等等，煨一下，再裹上面粉就可以煎了。这样煎出来很好吃。内人也说好吃，说这种香煎鳕鱼配上东北大米饭就更好吃了。说来，配东北大米饭的菜有很多，典型的有小鸡炖蘑菇、烹大豆腐、焖刀鱼，等等，都是最佳组合。

回忆

像很多老年人一样，没事儿的时候，特别是一个人的时候喜欢翻一翻旧相册。在一本相册里，我看到了一张早年杂志社全体职工的合影照。大概是一九八五年，时任《哈尔滨文艺》杂志社的总编辑张一先生派了一位管人事的年轻同志，到我当时供职的哈尔滨纺织印染厂工会找到了我，开门见山，问我愿不愿意去《小说林》当编辑。我当然愿意了。那时候我正处在疯狂写作时期。而且，自一九七九年开始，也曾在文艺杂志社所属的《小说林》（好像还有其他的一些文学刊物）杂志上发表了几篇小说。说到这儿，我先跑一下题，记得当时每年只能发一篇小说。挺难熬的，于是产生了一个梦想，"我什么时候一年能发两到三篇小说呢？如果真的实现了那样辉煌的梦想，我会高兴成啥样呢？想象不出来呀。"后来，我一年在全国发表小说最多的时候差不多十五六篇，而且每年都有两到三篇，甚至四篇小说分别被《小说选刊》《小说月报》《新华文摘》等国家级的刊物选载。应当特别特别地高兴吧？挺高兴的，但是，却是那种平静的高兴。对此，我对自己很失望。

回过头来说。有这样天上掉下来的好机会，能去哈尔滨最高的艺术殿堂工作，而且还是做文学编辑工作，何况在那里能接触到许多老师和文学前辈，名家大腕儿，耳濡目染，自己会提高得快呀。这件事情办得很神速。那个时候调转工作没有现在那么多的条条框框，很简单，双方出一个"商调函"就齐活了。前后好像两三天的时间我就到《哈尔滨文艺》杂志社的《小说林》报到当编辑了。

记得第一天到《小说林》上班，早晨七点半，我就到了当时地处工厂街十二号的"小说林编辑部"。我恨不得早晨五点钟就去上班，当时的心情特别地急迫，特别地激动，特别地幸福。但是，我并不知道这样的部门上班特别晚，我还以为在工厂机关里呢。到了编辑部一看，所有的门都锁着。于是我在那儿等，一直等到将近九点，来了一位穿着一件米黄色的风衣，戴着礼帽，提着一个公文包，个头将近一米八的瘦瘦的青年人（三十五六岁的样子），一看，就是一位大牌艺术家。见了我就说，你新来的吧？我说是，是是是。他说，跟我来吧。我就跟他上了楼。他打开了办公室的门，开始打扫房间。我就很奇怪，这么了不起的大人物怎么也干活呀？后来我才知道他是办公室主任，何主任，并不是艺术家。是一个很不错，很爽快的东北汉子。

到编辑部上班之后，领导分配我负责黑龙江地区业余作者的来稿。这之前是我的前任编辑刘先生负责这一块儿，刘先生调到文联去当专业作家了。他平时忙于写作，根本无暇顾及这些业余作者的稿子，因此积压了一大堆。当时编辑部要求编辑对每一个作者的来稿都要回信。正好那天刘老师（后来我管他叫老刘大哥）来跟我做交接。见到我的第一句话，就用手指头哒哒哒地敲着桌子说："新来的同志注意了啊，没有热水了。"我立刻拿着暖水瓶冲了出去。打过热水回来，我向他请教，刘老师，这些稿子的退稿信咋写呀？刘先生说，你就写"人物不人，情节不情，结构不结"就完了。我的娘亲啊，这退稿信能这么写吗？但是细想一下，他还是给我指出了退稿信如何写的方法。就这样，我正式当上了编辑，并兢兢业业地工作，认认真真地提稿。当年，很多年轻人都拥挤在文学创作的这条小道上，我每天要应付的来稿至少有一尺多厚。天天的，编务都会把一大堆稿子给我送来，我就一封一封地写回信。挺有意思的，不觉得累，年轻嘛。

而且我经常到省内，包括齐齐哈尔、牡丹江、佳木斯这些地方去组稿。当年，编辑到下面去组稿跟现在不同，每次下去组稿都受到了业余作者们的热烈欢迎。有一次我去尚志（县）组稿，送我上火车的业余作者居然多达三四十人，其中有一个作者是农村的，抱着个西瓜一脸汗水地赶过来，这时候火车就要开了，他从车窗口把西瓜刚递给我，火车就开了。我到今天都不知道他叫什么名字，写过什么。当然，这也是激励着我一定要认真地对待业余作者稿子的动力。

到了一九七七年、一九七八年的时候，当时我并不是文联的重点作家、重点作者，我就憋着一股劲儿一定要写出来。每个星期天，节假日，我都到编辑部去写东西。去写东西要带中午饭，我就带家里最差的剩饭、咸菜。家里人说咱家还没穷到那种程度，你至于吗？我杀气腾腾地说，至于。现在我还啥也没写出来呢，不配吃好的。就这样，以自己的实际行动（当然，不谦虚地说也包括才能）写出了《良娼》《年关六赋》这样一批作品，并分别发表在《北京文学》和《现代作家》上。之后，这两篇小说都被选到了《小说选刊》和《小说月报》以及《新华文摘》上。当时在哈尔滨市还没有被选到《小说选刊》等国家级选刊的作品。我是第一个。可当时并没有人在意这件事情，非常有趣的是，市文联正在编一本哈尔滨作者的小说年选，别人告诉编辑人员，阿成的小说都上了选刊的头条了，你还不选进来？再后来，《年关六赋》得了一九八七——九八八年度的全国优秀短篇小说奖，用时任市委宣传部王华放部长的话说，阿成的获奖小说实现了哈尔滨全国小说奖的零的突破。从那以后，没人再说阿成不是写小说的料了。大概是九十年代，我正好赶上杂志社改组，我被文联领导相继任命为《哈尔滨文艺》杂志社的总编室主任，副社长，《小说林》《诗林》的副总编辑，《哈尔滨文艺》杂志社的社长、总编辑。当了总编之后，我便开始动手改变这两本刊物，把《小说林》改为双月刊，由六十四页变成一百一十二页，这样容量就大一些。然后，封面、版式、插图、内容，进行全面打造，并且亲自写信向全国那些有名的作家，也是我的朋友们约稿，他们也都支持我，使得《小说林》一下子成为全国的名刊之一。后来我升官儿了，当上了哈尔滨市作家协会的主席、哈尔滨文联的副主席，并继续主管哈尔滨的文学创作和杂志社工作，直到退休。

……

时间像一支飞快的箭，转眼三十多年过去了。现在回想起来真是恍然如梦。人所有的经历都是你最宝贵的珍藏。回忆他们，除了真心地，由衷地感谢之外，一定不要怪罪他们。那是他们的精神生活，他们的骄傲，或者是他们一时的失误而已。是啊，手中的这些老照片，让你回忆的事情很多，自然也曾遗忘了很多。人这一生是需要回忆的，回忆也是生活的组成部分。但同时也需要做一些理性的遗忘。

寻常一日

　　小菜园的菜每天都在疯长。只要你天天和它们零距离接触，就会由衷地赞叹大自然的伟大与神奇。尤其是水黄瓜，上帝哟，它每天都要长出一寸，一天一个样。我们得抓紧摘再抓紧吃，让人猝不及防又自顾不暇。还有水果黄瓜。这两种黄瓜似乎PK起来了。妹妹来小院玩儿，我让她品尝一下这种纯绿色蔬菜。她赞不绝口地说，要带一些回去给她的女儿和女婿尝尝。我说不光是黄瓜，还有豆角，都带一些去。

　　今天在早市买了土豆和胡萝卜（都是附近农民自家自产的，比城里的同类蔬菜便宜、新鲜）。内人准备给我做咖喱牛肉，就必须要有土豆。我又买了二斤内人喜欢的豆角，自己家小园子里有豆角，但数量不多，加上平时见谁送谁，不断地显摆，所以小菜园里的豆角数量很少，更何况豆角的长势并不像黄瓜那样快速。

小院外的夜市热闹非凡，卖蔬菜的，卖猪肉、羊肉、牛肉的，卖豆腐，卖花和花土花盆儿的，卖各种蛋禽、各种生活必需品的，让人目不暇接。除此之外，更有花样繁多的地方小吃，如油糕、油条、烧饼、馅饼、炸丸子，等等，应有尽有，甚至在道边摆上露天饭摊儿，我出去逛的时候，已经有不少人在那里吃烧烤和小吃了。是啊，总不能戴着口罩吃吧？看样子大家对疫情的防范之心渐渐地淡了下来，人们似乎从内心感觉疫情也该过去了，差不多了，不能没完没了吧？进出小区的管理也忽严忽不严，严的时候可能是上面下来通知了，不严的时候，毕竟都是一个小区的人，彼此都认识，扫一下码，查一下体温，就可以了。

一个人和一群人没有科学知识的时候，凭感觉就成了他们的首选和行动指南了。

逛夜市的时候，发现了一家冷鲜肉的肉店，还是一家品牌店，进去看看。内人正打算包馅儿吃，便在肉店里选了一块儿肉，绞了馅儿。我们在店里还发现了羊肉，如若烤羊肉串儿在这儿买不是很好吗？老板说，我不但可以给你切成小肉块，还可以帮你煨好，穿好羊肉串儿。我说，这太好了。于是又买了二斤羊肉。在老板切羊肉的过程中不断地有人来买肉绞馅儿。他家卖肉馅儿比较公平，并不是先给你称重后再绞肉馅儿，而是绞完肉馅儿后再称重，这样就比较公道。虽然是一个小小的细节，但可以看出来这是一家良心肉铺。内人说，今后咱们就上这儿来买肉。我在想，有的商家经营不下去了，有的在惨淡经营，为什么？除了各种各样的原因之外，难道其中不包含着你是否公平买卖和上好的服务态度吗？

晚餐是在小菜园的阳光房吃的，有蘸酱菜、鸡蛋炒辣椒。做的二米饭（本打算做咖喱牛肉饭，但是发现咖喱没了）。就将生菜、二米饭和鸡蛋酱用干豆腐卷着吃。这是纯粹的农村吃法。内人吃得很满足。这几天她一直嚷嚷着吃这种"饭包"。其实，正宗的饭包并不是这样做的，正宗的饭包是用白菜叶卷上二米饭，加葱，抹酱这样吃。据说，当地的少数民族将这种饭包称为"伐克"。

不过，今天在小院发现，用以占道的旧轮胎被他人扔到中间的花坛那儿去了，这种事儿已经不是第一次了。看来没必要再这么做了，晚上我们又不在这儿住，空占一个车位也不公平。于是，就将轮胎滚到小菜园里，准备做一个"花盆"（外面谁爱占谁占吧），放些土可以种一些花草，一定很好看，也很别致。记得在韩国时去普通人家，就发现他们用一些破碎的罐子、盆子和没用的器皿在院子里做了一些盆景，非常好看，很别致，又是废物利用，让人舒心。

说干就干，好在还有一些剩余的花籽。

大米·鱼头

在早市闲逛的时候，发现在鱼摊上有卖"胖头鱼"鱼头的。"胖头"是老百姓的俗称，它的学名叫鳙鱼。记得在交校念书的时候，我们的班长姓王。因为他脸长得比较胖，比较大。大家就给他起了个外号叫"王宪胖"（他本名叫王宪×）。后来，他说，其实那种鱼应当叫鳙鱼。很显然他是查过字典的。于是，调皮的同学又把他的外号改成"王宪鳙"。此为笑谈者也。

胖头鱼头和鲽鱼头都是很好吃的，是不少饭店的招牌菜之一。记得第一次和内人见面的时候，我就请她吃的"胖头鱼头"。她觉得特别地好吃，常常念叨，那鱼怎么那么好吃呢？你会不会做？我还真的没做过胖头鱼头。俗话说，没吃过肥猪肉，还没看过猪走吗？看到饭店做的胖头鱼头和鲽鱼头心里大致有个数了。再加上自己曾经也有过对此的经验，于是毫不犹豫地就买了一个，个头可不小，足有两三斤重。

午饭就是大米饭，胖头鱼头，再加一个拍黄瓜的小凉菜就可以了。说到大米饭，东北大米尤其地好，而东北大米当中最有名气的，是五常大米和牡丹江的"响水大米"。现在，在全国名气最大的莫过于五常大米了。不过，以我这个"大米控"的经验来说，我觉得黑龙江所有大米都是很好吃的。也并非单纯地指五常大米。那么，为什么黑龙江的大米最好吃呢？说起来也非常地简单，重要的是这里的气候好，土质好。说到气候好，是因为黑龙江这个地方一年只能种一季稻。它不像南方，南方可以种两季或者三季。说一个傻子都明白的道理，一样的土地，种一季稻和种三季稻它的营养能一样吗？黑龙江这个地方春天姗姗来迟，阳历的十月一过，就秋风肃杀满地的落叶了。这样的自然条件，想种两季稻都种不了。崇拜大自然为神的黑龙江人，也从来没想过违背天意种两季稻。这大约就是顺天意，出好稻的重要原因吧。

说到吃大米饭的经验，最好是吃新米。每到秋天的时候，我就会跟五常的文友发发短信问，大米丰收了吗？这是我们的暗号，他就记得给我发大米了。说起来，所谓的新米并不是当年产的米。当年产下的米做饭吃其实并不太好吃。要带壳儿放上一年。一年以后，再脱壳制成成品米，这时的大米才是货真价实的新米，也是最相好最好吃的。记不得哪一年了，我的一个朋友，曾经送给我一箱非常高档的大米。用这种桶装的大米做大米饭香了四邻哪（邻居在走廊里高声地问，这是谁家的大米饭呢？咋这么香啊）。真是久违了，这才是小时候的味道。大米若是在家里放上一年以后（所谓陈米），再做饭就不那么好吃了。那怎么办呢？我有两个小窍门儿。一个是网上都说过的，要在里面滴上几滴食用油，做出来的大米饭就油光锃亮的，比较好吃。还有一种就是把发好的黄豆掺到大米里，一块儿做着吃也很好吃。说起来，这个方法还是我老父亲当年当伪职员的时候，跟日本人学的。

　　早晨我就把大米淘好，早早地放在电饭锅里了（最好是淘好的米，在锅里放上一天再做，就更好吃了）。然后，开始处理鱼头。这么大的鱼头一定要把它从中间一劈两半儿，这样炖起来才会更入味儿。说起来做鱼头的方法无外乎是两种，一种是用油煎一下，然后放上各种调料，炖起来就完了。另一种更简单。我相信很多烹调技术略差的人都会喜欢我的后一种方法，非常非常地简单，把锅里的水烧沸之后，放上各种调料（黑龙江人喜欢放一点儿豆瓣儿酱，干辣椒），然后把劈开的鱼头放进去。小火炖就行了，直到炖得鱼汁儿黏稠盛出来，非常好吃。我用的也是后一种方法。

内人一看鱼头的品相，忙拿出手机开始拍照。她说，哇，闻着就香啊，尝了一口后，竟然尖叫起来，哇，太好吃了，太好吃了。

我淡淡地说，主要是鱼头很新鲜。

小外孙的诗情

　　用我女儿的话说，你小外孙终于上学了，太闹人了。说一件有趣的事。上了小学以后，老师让同学们报业余爱好班，让我和他爸爸妈妈万没有想到的是，他竟然报了一个诗歌班。哎，他的两首诗居然被评了优秀，还得了奖。其中一首《冬天》写道，"天气凉了，树叶落了，大河冻住了，世界变白了，就像一张白纸。大雪茫茫，雪地里站着个雪人"。另一首《死亡谷》，"深不见底，祭器一堆堆，这里是阎王的办公室，坏人去了都要见他，才知道去了哪里"。一年级的小学生写出这样的诗，这已经是除了有诗情之外，恐怕跟他平时的阅读有关系吧。他平时就喜欢听各种各样的小说广播，几乎是播放器不离手，晚上睡觉的时候他也放在耳边听。在我这儿听时还告诉我，姥爷，我睡着了，你别忘了把播放器闭了。我说我不管。话是这样说，能不管吗？

　　小外孙每到小院里来玩儿，都要带上他的大提琴。现在，他妈妈让他学大提琴。大提琴的老师是哈尔滨交响乐团大提琴的首席，非常厉害。她和我女儿同是政协的同组的委员、闺蜜，教我小外孙子不必付费。小外孙子带来了大提琴，就坐在小院的木廊架下面开始拉，引得周边的小孩儿都来看，他拉一曲小朋友们就给他鼓掌。我突然想到，我说，宝贝孙子，你不是参加学校的诗歌班了吗？你给我朗诵一首诗呗，你都会朗诵什么诗？外孙子说，姥爷，我给你朗诵一首杜甫先生的《茅屋为秋风所破歌》："八月秋高风怒号，卷我屋上三重茅。茅飞渡江洒江郊，高者挂罥长林梢，下者飘转沉塘坳。南村群童欺我老无力，忍能对面为盗贼。公然抱茅入竹去，唇焦口燥呼不得，归来倚杖自叹息。俄顷风定云墨色，秋天漠漠向昏黑。布衾多年冷似铁，娇儿恶卧踏里裂。床头屋漏无干处，雨脚如麻未断绝。自经丧乱少睡眠，长夜沾湿何由彻！安得广厦千万间，大庇天下寒士俱欢颜！风雨不动安如山。呜呼！何时眼前突兀见此屋，吾庐独破受冻死亦足！"小家伙居然朗诵得一字不错，小孩子的记性就是好啊。我问他，你懂这首诗的意思吗？小外孙说，我知道杜甫住的房子很破，都漏雨了。但是后面的"娇儿恶卧踏里裂。床头屋漏无干处，雨脚如麻未断绝。"我不明白是什么意思。姥爷，你给我讲讲呗。

虽然，小孩子朗诵得并非像古代大散文家、学者张岱先生所说的"缓缓之言，抑扬顿挫，合情合理，切筋入骨"，但是，字正腔圆，平心静气，朗朗有声。不错。但是，要想朗诵得好，一定要明白诗词歌赋的原意，只有这样，朗诵者才能朗诵得声情并茂，打动人心。不过，我倒是担心，小小年龄如此爱好诗歌，这可不是我所期望的呀。我总觉得诗人很感性，很率性，将来会成为一个什么样的男子汉呢？

我也在一旁勉强地跟那些孩子观众一起鼓掌。小女儿在旁边看到了，憋不住笑。知父莫如子啊。

我的女婿在画院工作，或许是耳濡目染，小外孙也喜欢画画。他曾经给我画了两幅小画，我一直把它贴在小院卧室的墙上。我说，这东西可以辟邪。

小外孙到小院来，最喜欢的游戏就是给菜地浇水。我先给他准备好喷水的喷枪。豁出地里的菜了，让他浇着玩儿吧。

读书与手擀面

　　平时没事的时候，内人就会拿一把椅子，在木廊亭下面弹弹琵琶或者吹葫芦丝。所选多是轻柔的曲子，听起来款款入耳。邻居也觉得是催眠、发呆的好曲子。更多的时候她喜欢在那里看书。内人的确有点儿书痴的味道，我常说她这是学生气。不但看，还要做笔记，在上面勾勾画画。家里的快递大都是她从网上买回来的书。有的是新书，有的是那种二手书，上面还印着某某图书馆的印章呢。我说，一看这就是卖家从图书馆顺来的。有时候看到内人总是捧着书本在那里看，颇有些不解。内人说，我姥爷就特别喜欢看书，我妈也特别喜欢看书。我姥爷一天到晚就是坐在那里看书，家里什么事儿也不管。而且我姥爷性格特别好，从来没见他发过脾气。这倒是我没想到的，这读书也可以遗传哪。

是啊。难怪她家姐妹三个都考上了大学呢（这件事还成为内人所居住的街道上和她父母单位一个流传甚久的励志故事）。

由此还想到了我的一个同事，他现在已经故去了。他就特别喜欢读书买书，无论哪里出了新书，他都不辞劳苦地一定把它买回来，包括新版本旧版本他都要收集全。家里足足有四五架的书，整整齐齐，分门别类摆在书架上。但是我也有时候嘲笑他，你买了这么多书，也没见你看过这些书哇。开始的时候，他并不言语，有些微微脸红。不过只有一次他说了一句话，让我心悦诚服。他说，家中书多子孙贤呀。这倒是该我脸红的时候了。

说到内人及其他的父辈们的读书癖，让我想到的是，这不一定非得是当作家，做学者才读书，也可以是与文化工作毫无关联的寻常百姓。这无疑是丰富的精神生活，让一个人活得更充实，更明事理，也更有君子淑女之风。先前我认为，内人作为一个医生，读这么些书实在是用处不大。没错，众所周知鲁迅先生就是弃医从文的一个典范。当然，弃医从文的不止鲁迅先生一个。然而不然，要知道，古代的文士，哪一个不懂一点医道呢？就不要说写了传世之作《红楼梦》的曹雪芹先生了。像穷困潦倒时卖草药为生的杜甫先生这样的例子也比比皆是。试看当下有多少文人墨客因为不懂医道，亦英年早逝于无知啊。

今天下小雨。于是，两个人在阳光房里摆上电火锅，开始涮羊肉。羊肉自然是上等的好羊肉，再加上一些蔬菜，包括我喜欢的冻豆腐、鸭血。内人喜欢的花菜、菠菜、土豆片儿。吃热气腾腾的火锅，欣赏着外面的小雨，一园的翠绿，真是好心情啊。

火锅，古称"古董羹"，因食物投入沸水时发出的"咕咚"声而得名。有关资料显示：据考证，东汉时期即有火锅。史书《韩诗外传》中记载，古代祭祀或庆典，要"击钟列鼎"而食，即众人围坐在鼎四周，将牛羊肉等放入鼎钟煮熟分食，学界大多以此作为火锅的萌芽。唐代白居易的诗《问刘十九》："绿蚁新醅酒，红泥小火炉。晚来天欲雪，能饮一杯无？"三五好友，围炉而坐，喝酒聊天，这几乎成为中国人朋友相聚时最常见的方式之一。至清代，火锅不仅在民间盛行，也是宫廷著名的菜肴。据说乾隆皇帝多次游江南，每到一地都必备火锅。乾隆皇帝还曾经办了五百三十桌宫廷火锅，而到一七九六年清嘉庆皇帝登基时，曾使用一千五百五十个火锅用来承办筵席。

不仅如此，这火锅还引发了一些文人墨客哲学上的思考。如宋·王应麟《玉海·庆历迩英阁讲诗》云："三月戊午讲《匪风》'谁能亨鱼'。上曰：'老子谓治民若烹小鲜，义近是乎？'丁度曰：'烹鱼烦则碎，治民烦则散。'"这烹鲜（亦治大国如烹小鲜）便是火锅的一种。

家中书多
子孙贤呀 ①

吃火锅的主食照例是手擀面最好（也有吃水饺、面片儿、小年糕的）。只是手擀面做起来比较麻烦，比较费力。记得有一年，我到海林去，也是一个文友请我们到她的舅舅家去吃羊肉。大清早先在一家面馆吃手擀面。这家面馆非常红火。可以说人声鼎沸，座无虚席。擀面条儿的那个妇女身体可真好，红红的脸庞，壮实的身子，在一个玻璃隔着的小房间里擀面条。我站在外边看。发现她擀面的时候要在面案上撒上许多苞米面儿。我就有些奇怪，问她为什么要撒苞米面儿呢。她说，这你都不知道吗？擀面条必须撒这个，不然面条会粘。哦，原来是这样，我真是孤陋寡闻了。先前我擀面条的时候从来没把苞米面儿当"布面"（所谓布面就是东北人要在面上撒些面粉，这种面粉称之为"布面"），这次可真是长知识了。说起来吃火锅，如果用挂面，效果就不好。最次也得是刀切面。火锅店一般用的都是刀切面。如果你在黑龙江吃这种刀切面，特别是在饭店里吃，你就会发现上面还零星地沾着一些苞米面儿的渣。

内人擀面条的水平还不及我，当由我来擀。看着我在一旁麻麻烦烦地擀面条，内人不解地说，你怎么这么愿意吃面条啊？我说这你就不懂啦。先前我家里穷啊，你想想，只有我父亲一个人挣钱，虽说在六十年代一个月挣一百多块钱，是高工资了。但你要知道，可怜的老爹要养活七个"闲人"，我母亲加六个孩子。

而这六个孩子都是半大小子，半大丫头。不是有那么一句话吗，半大小子吃死老子。所以生活一直是比较困难的，只有到星期六那一天，才能改善一下生活。说到这儿，我猛然想起了这样的一句话，生活要有仪式感。哦，原来父亲那样困难的年代也讲究仪式感哪。这样，吃面条就成了我们这些孩子的一个期盼了。君不见，像我这个岁数或者比我更年轻的那一代人，不都是非常喜欢吃面条儿吗？内人想了想说，也是，真是这样。可我为什么不喜欢吃面条儿呢？

小院外面的雨还在不紧不慢地下着。这种慢抽筋的雨一般是要下上一天的。

瓜之谜

有句话叫做什么来着？啊，有心插柳，柳不活。无心插柳，柳成荫。

记得在小院翻地的时候，过来一个邻居大妹子，跟我说，大兄弟，你想不想种点瓜？我这有瓜籽儿。我说，好啊。也就是随便说说，没有太当一回事儿。第二天回到小院子的时候，发现院子门上系着一个塑料袋，里面有几枚像倭瓜子儿的菜籽儿。当时地已经种完了，睃巡了一圈儿，只好把它种在木廊亭靠着栅栏门的两边。真的是没太当一回事儿，但是很快它就长出了叶子，叶子也是大大的，像蒲扇那么大，而且蔓儿爬起来真是肆无忌惮。好在是种在木亭廊那儿，就让它顺着木亭廊往上爬吧。后来一直爬到了木亭廊的顶上。可不知道它究竟是个什么样的瓜。丝瓜，还是什么瓜？搞不清楚。问了旁边邻居老于、老王、老何，也都摇头，看不明白，不知道是什么瓜。长长看吧。内人说，管它什么瓜呢，它的叶子长得这么大，正好把咱们亭子遮起来，遮阳多好啊。再说了，看着绿莹莹的大叶子也养眼哪。

快到入秋的时候，发现在亭子上方，结出了一个小瓜。我们仰头看着也在琢磨，这是什么呢？后来这小瓜越长越快，越长越大，大的吊在木廊上，看上去足足有五六斤重。所有的邻居经过这里都仰头看，这是什么瓜呢？后来我们用网上的"识花君"看了一下，原来是砍瓜。完全没有想到的是，这一菜园子的菜居然是它大出风头，成为了周边邻居的明星瓜了。

砍瓜有一个非常神奇的特点。你别看它大，你吃的时候从下面砍几块做汤吃，吊在上边的瓜"受了伤"以后，并不死，还会继续长，不断地砍不断地长，俨然是蔬菜当中的聚宝盆。后来长得实在是太大了，担心它会摔下来，摔坏了，就站在凳子上把它取下来。这么大，一家人肯定是吃不了的，于是把它切成几块儿分别送给亲戚朋友们吃，并且告诉他们，这个东西炖汤最好了。反馈回来的消息也果然如此，说炖汤吃真好吃。涮火锅的时候也涮了它。要说怎么怎么好吃，也未必。但是那股清香味儿倒是很宜人的。

记得在大连的长兴岛，有一顿饭是吃包子。大家觉得非常好吃，但是不知道这是什么馅儿。我就问厨娘，厨娘说砍瓜呀。天哪，砍瓜可以包包子啊。那么怎么包呢？厨娘告诉我，用小海米呀，再加上各种调料包素馅儿包子，特别好吃。

看来，是我们无知了。不仅无知，而且非常愚蠢的是，吃砍瓜的时候居然没把瓜里的籽儿保存下来。更遗憾的是，送给我们砍瓜籽儿的那位妇女，自送给我砍瓜籽儿以后再就没见到过她。看来，只有求助于我那位经营种子公司的朋友了，如果他有砍瓜籽儿，那就明年再种上。

是啊，到了我这个年岁，要学会原谅自己了。这样才能把日子过得更顺一些。

善哉，善哉。

老照片里的回忆

在小菜园里边收拾边浏览旧书，发现了几张刘的照片。睹物思人，刘的音容笑貌又一次浮现在眼前了。

说到刘，他是我的朋友加文友。刘比我小几岁（当年彼此都还年轻，并没有年龄上的差距感），我们最初认识是在背荫河笔会上。刘并不是那次笔会的成员，林主席过来探班时他是陪同。那是我第一次见到他。在笔会所在地，即犯人家属招待所里，刘挨个儿房间翻看大家写的东西，很紧张的样子（搞得对方很诧异）。我发现他似乎是担心别人比他写得好。这是他给我的最初印象。不过，实话实说，刘的确比我们这些作者的创作水平要高，属于市业余作者当中的矛盾和巴金。刘长得也很俏皮，留着小黑胡子，我叫他"哥萨克"，很帅，像苏联作家肖洛霍夫的长篇小说《静静的顿河》中的那个格里高利。刘说话非常实在，人也很风趣，是那种直抵人心，打动人心，震撼人心，纯粹的东北式幽默。他跟我讲，他写的第一篇中篇小说《世界是最美丽的》，送到北方文艺出版社下属的一个什么刊物，那个刊物的编辑叫他去一趟，告诉他小说留用。刘非常兴奋，出来以后，从道里（区）一直走到南岗区的秋林公司（其间要上两个大坡），到了秋林公司他才猛地发现自己的自行车还在出版社的门口呢，于是又折回去。我听了以后特别开心，非常理解他的这种心情。后来刘又创作了《马头里的思想》《猪头里的愤懑》《疯人戏》等一系列中篇小说。这些小说都写得非常好。可惜的是，当时的选刊并没有选他这三篇作品。但是，林主席对他非常欣赏，像对待自己亲生儿子一样，推荐他去西北大学作家班和鲁迅文学院学习。在西北大学作家班学习期间，他曾经给我来过几封信。当时还没有手机，更没有微信，连电脑也不普及。其中一封信写到他要粮票。看来创作不但费脑筋也费粮食啊。我的这位兄弟是遇到困难了。饿肚子写作，有点儿像当年的高玉宝了。

刘最早是在化肥厂当工人。做化肥的原料，即骨灰都是从火葬场运过来，他们这些工人负责装卸。刘说，每天回家吃饭的时候，看到媳妇儿和儿子吃得是那样地津津有味，我就有一种仇恨。他妈的，这都是我的血汗哪，他们是在喝我的血，吃我的肉啊。我问他，那时候你就想当作家了吗？他说，那个时候我就想当作家。我说，放屁！不可能。他说，真的，阿成，我一点儿也没撒谎，那时候我就写出了《世界是最美丽的》。我问，在化肥厂之前你干什么呢？他说，下乡了，在生产队赶马车。赶马车可遭罪了，冬天的时候，冻得手实在是受不了，我就把手伸到马屁股里头取暖。我皱着眉头说，真恶心。他说，这有什么好恶心的，暖和就行呗。他说，晚上在马号里没事儿，我和另一个知青耍钱玩儿，耍来耍去，最后钱输光了，那怎么办呢？不甘心呢，于是就赢嘴巴子的。谁输了就打他一个嘴巴子。开始打还是轻轻的，象征性的，可是打来打去，打急眼了，就往死里打。第二天天一亮，两个人的脸都肿了，相视一笑就撤了。

真是匪夷所思。但是，虽然他们这些故事有趣儿，但未必真实。举一个例子，刘从西北大学毕业回来，到我家来看我，托了一个小西瓜，小西瓜的头被削去了一块。他说，没问题，上面有点烂了，老板说削去了可以吃的。我就笑，家里人也笑。这次他和他的爱人一块儿来看我，主要是感谢我给他寄过几次粮票。我发现他对自己的媳妇儿是言听计从，根本不是他说的那种蛮横的样子。

林主席去世以后，刘在文联跟领导处得不太好，因为房子问题跟领导干了起来。他希望分到一套比较好的房子，但没分配给他，刘非常恼火，他媳妇儿更是火冒三丈，怒不可遏，到单位来找领导，双方语言激烈，甚至骂了起来。这个情景我没有看到，我到领导办公室办事的时候，领导跟我说，阿成啊，刘的媳妇儿要抱我的孩子下井。我笑着问，你哪个孩子？他说，你少啰嗦，他说要抱我孩子下井，我怎么就得罪他了？我对他多好啊。我跟领导说，首长，有两件事是不能得罪下属的，一个是他们的房子问题，一个是他们的孩子就业问题。这两个问题你要是得罪了他们，那就是一生一世的仇恨。这样简单的道理还用我来跟你讲吗？你是领导，孔子说过，唯上智与下愚不移呀。领导说，滚出去……

因为这件事，刘主动调离了市文联，到了市委宣传部电教室当了一个编辑，后来，又从电教室调到了报社当编辑。后来，刘有意无意地写到了报社的一些故事，当然都是些有极大杜撰成分的故事，但是没想到让领导多心了。不过，他的领导还是很大度的，还参加了他这本书的出版座谈会。座谈会似乎是作协的一个女同志主持的，我事先并不知道他在这本书里究竟写了些什么，不过我倒是参加了。在会上我坦言没有看过这部长篇小说，仅仅是过来表示一下祝贺。刘离开了文联之后我和他的接触越来越少了。再后来，我听说他生病了，而且病得很重。我就抱了一个花篮去看望他。刘住在一家小医院里。医生正在"请"他马上出院，原因是他已经交不起医疗费了。我到病房里看到刘的媳妇儿坐在病床边一筹莫展的样子。刘已陷入昏迷状态，但却睁着眼睛。他媳妇儿对刘说，阿成来了。他翻了翻眼睛，一点儿表示也没有。我知道我的好兄弟去日无多了。我将花篮放在病房里就告辞了。出来以后我非常后悔，我应该拿钱来，而不是什么狗屁鲜花。我真是太愚蠢了，应该给自己一个耳光。刘的追悼会，报社好像只有工会主席去了。家人按照刘的愿望放的是世界名曲，配发了一些他的照片。小伙子真的很帅，很阳光。

刘调离文联以后开始写武侠小说。他跟我说，我今后就要走武侠小说的创作道路，我要成为大陆上的梁羽生和金庸。我没有劝他什么，也没有说什么。人各有志吧。但是在我内心，觉得他写武侠小说未必是一个明智的选择。

家乡的味道

　　《天气预报》似乎变得越来越不准了，上午还说今天有小雨，没想到下午四点，突然天变得漆黑，如杜甫先生在《茅屋为秋风所破歌》里写的那样"俄顷风定云墨色，秋天漠漠向昏黑"。紧接着电闪雷鸣，狂风大作，下起了大暴雨，雨中还夹杂着冰雹。下雨的时候，小女儿给我发来小外孙的一段视频，小外孙说，妈，是不是世界末日到了，我还这么小，我还没活够呢。

　　大暴雨持续了一个小时左右才渐渐停下来。天空出现了一道彩虹。空气变得十分清新，天景如此美丽，让人的心情格外地爽。还好，下午我就把豆角、黄瓜、南瓜的秧子系牢绑在竹竿上，不然，这场大雨下来全都趴秧子了。

　　约定好了，晚上请内人的妹妹吃火锅。内人的妹妹住在深圳，是一个很有成绩还有水平的建筑师。每年她回哈尔滨，除了省亲还要品尝一下哈尔滨那些特色美食，像列巴、黑豆蜜酒和马林果酱。这也是众多游子们的共同选择。而内人的妹妹对哈尔滨的一家火锅店情有独钟，她几乎每年回来探亲都一定要到那里去吃一顿，其实这家火锅店还不能算是真正的东北火锅，是云南风味的，当然也做了一些改良，使它更适合东北人的口味。女建筑师似乎很欣赏这儿的火锅，吃得也很满意。记得她曾建议我们在黎阳老街，就是她设计的那个旅游街区上吃了一顿臭鳜鱼，那儿的臭鳜鱼真的不错，以至于我和内人连续吃了两个晚上。如此说来，这个女建筑师也是一个美食家了。

说起来，洋气的哈尔滨俄式食品很多，如苏合力、色克、小列巴、枕头列巴，还有奶酪、红肠、茶肠等等，都是纯俄罗斯风味的。年轻的时候我喜欢下西餐馆儿，喜欢吃罐焖羊肉、铁扒鸡、白菜卷儿、苏泊汤、酸黄瓜、生啤酒、朗姆酒。说到的这些俄味儿食品，南岗和道里两家秋林公司最正宗了。当年秋林公司里的职员，即便是中国女孩子也全是俄式打扮，白头巾，绣花门围裙，抹红嘴唇儿。上海人到了哈尔滨看到这一切很困惑，很诧异，觉得哈尔滨人学上海学得也太快了。其实这是一个误判。哈尔滨学的是东欧和西欧，不是上海。我曾多次说过，早年侨居在哈尔滨的外国侨民占全城人口的一半以上。

除了这些俄式食品，还有地道的当地土菜，如大楂子粥、炖菜、小菜咸菜、生菜，等等。游子归乡，除了要逐一地品尝上面这些美食之外，还有一点，就是一定要吃一顿火锅。看来，人就是走到天涯海角，家乡的味道也会像他们的影子一样追随终生。

说到哈尔滨人喜欢吃火锅，我想，这跟当地寒冷的气候有关。炖菜呀，火锅呀，都是冬天御寒的最好食品。关于火锅还有这样一种说法，说是徽钦二帝被流放到黑龙江依兰的时候，一路上风餐露宿，鞍马劳顿，旅途万般地辛苦，不仅是吃不好，睡不好，更兼寒冷难挨（即便是夏天的夜晚也很冷，胡天八月即飞雪嘛）。于是，下人们便发明了把菜和肉一个锅里炖的吃法，称之为"火锅"。这种传说虽然我既不能证实，也不能证伪，但是它合情合理。去吃火锅之前，我还是特地备点小院自产的水黄瓜和旱黄瓜，让她品尝一下小院里的绿色食品，那也是早年儿时的味道呀。

不过，对于火锅，大美食家袁枚却有不同的看法，他说："冬日宴客，惯用火锅，对客喧腾，已属可厌。且各菜之味，有一定火候，宜文宜武，宜撤宜添，瞬息难差。今一例以火逼之，其味尚可问哉？近人用烧酒代炭，以为得计，而不知物尽多滚，总能变味。或问：菜冷奈何？曰：以起锅滚热之菜，不使客登时食尽，而尚能留之以至于冷，则其味之恶劣可知矣。"哦，我倒是认为，不能说袁枚先生说得没有道理。但是其中有一点，就是不能任何蔬菜肉禽都放到锅里涮。否则真的是"其味尚可问哉"？

内人的妹妹吃得非常高兴，喝了不少的酒，看来也是一个女中豪杰，不过我发现有一个特点，很多人都是，吃过火锅以后是不吃主食的，这并不是一个好的习惯，王莽说，饭者，百味之本。记得我在央视看到一个采访，那个医学专家说，主食就像柴火一样，可以燃烧人体内的脂肪。所以，无论吃多少菜，喝多少酒，主食是一定要吃的。当时想应当把这件事告诉她，转念一想，好为人师总是不好的吧。

给花授粉

　　早上小陶瓷过来了，帮着整理一下小菜园里的菜。她说倭瓜需要施花粉了。然后，教我认识什么样的倭瓜花是公的，什么样的倭瓜花是母的。用公花的花粉点在母花的花蕊上，这样倭瓜才能结果。听完了这些，在旁边的内人疯笑起来。我在小陶瓷的指导下，开始给倭瓜花点花粉。这是一件有趣且愉快的活儿。先前，我倒是听说过点花粉的事儿，但亲自做感觉就很不一样。点过花粉以后我跟小陶瓷说，老妹儿，你看咱菜园子里的茄子长得太慢了，是不是有什么问题呀？小陶瓷说，没问题，咱们种的是晚茄子，别着急。说着，她嘎嘎大笑起来。

　　我问她，我的问题是不是很可笑哇？

　　这段时间晚上我们经常在小院住。这郊区的夜呀，非常地宁静也非常地宜人。睡在这里很香甜，好像几分钟的时间一个夜晚就过去了。这里，早晨三点多不到四点，不少老人就起来了。早市就抓住了这样一个传统特点，商贩们从凌晨一点就开始到这里摆摊儿了，甚至有的人彻夜就蹲守在这里。三四点钟的时候，早市早已是人声鼎沸了。

入乡随俗。我也早早地起来，觉得精气神儿特爽。早晨下地看看菜，看看花，时间一晃儿就过去了。

今天我妹妹来。还是老吃法，涮火锅。我按照内人的吩咐在早市上买了花菜、金针菇、生菜、菠菜和娃娃菜。羊肉是现成的。又买了一块豆腐和干豆腐，这是我愿意吃的。内人称我为男豆腐西施。然后又买了油条、豆腐脑。小陶瓷来的时候我已经把这些事情都做完了。

小院的秋

日子过得可真快，转眼就是秋天了。小院里的各种蔬菜已经接近尾声了。豆角、黄瓜也开始罢园了。没想到花椒树此时出了嫩芽，它也活了。邻居老何告诉我，这时候还可以补种一些"绊倒驴"（青萝卜）、白菜和雪里红。邻居家的小院也开始秋收了，并把那些收获剩下的豆角秧、茄子秧、黄瓜秧全部拔掉，将所有的竹支架尽数拆除，然后开始平整土地。俗话说，春种秋忙。果然如此。

我原来打算在亭廊架的两旁种几棵葡萄藤（这也是看到邻居家的葡萄廊架长得很好，很茂盛，被翠绿的葡萄藤叶遮蔽起来的廊架下，是一个很好的阴凉之地。我经常看到邻居老王、老于在他们小院的葡萄架下，躺在藤椅上喝茶、聊天儿的情景，真的是很羡慕）。有人说秋天的时候种好，有人说春种最好。莫衷一是，各有各的道理。但是想来想去，我觉得还是春天种吧。经过两天的劳动，终于把小院的地平整完了。接着试验性地种了一点绊倒驴、白菜和雪里红。但心里总有一种小小的失落和惆怅。毕竟小院那种生机盎然的景象就要结束了，颇有一种从学校毕业，朝夕相处的同学们即将天各一方的那种感觉。

秋风刮起来了。早晨起来，发现窗玻璃蒙了一层淡淡的冷霜。院子里飘起了蒙蒙的细雨。记得自己还是一个小伙子的时候，跟自己的初恋女友分别时也是下着这样的蒙蒙细雨。伊人远行，即刻就要天各一方了。恰同学少年，我还写了一首诗："秋风换得满地黄，荣芳欲谢雨丝长。拂去红颜忆春梦，留得枯枝折断肠。"此情此景与当下何其相似乃尔。唉，是时候离开了，秋风肃杀，寒冬将至，该去海南岛过冬了。如此，小院又要闲置整整一个冬天了，用不着每天来小院啦。至于说青萝卜、雪里红、白菜究竟会长成什么样，只能是随它去吧。

这些日子到小院渐渐地少了，不像过去那么频繁。偶然过来，惊喜地发现白菜、青萝卜、雪里红都长了出来。青萝卜已经拱出了地面。拔出一棵还没长成的尝了尝，味道特别正。雪里红已经长出了翠绿的叶子。那年去保定参加活动的时候，听当地人说，保定有三宝，铁球、面酱、春不老。春不老就是雪里红，南方人叫雪菜。每年我都要从菜市场上买一些雪里红回来腌咸菜。腌雪里红咸菜的方法比较特殊，不要洗，把它晒干以后在上面一层一层地撒上盐。这样腌出来的雪里红咸菜，叶子翠绿翠绿的，用它来炖豆腐、炖肉，做南方那种雪菜扣肉，或者拌小咸菜（里面放点儿鲜葱末），都非常好吃。所以，腌雪里红咸菜几乎成了我冬天的一种小期待，一项固定的任务了。

　　古人说一叶知秋。天渐渐地凉了，该早晚加衣了。接着，很快下了入秋以来的第一场小雪。雪花飘飘洒洒，可这脚下的地还是暖的呀，雪花落在上面很快就融化了。东北的冬天很漫长，从十月份开始就能见到雪花了，尤其是大小兴安岭地区，那里已经下雪了。就是在这期间，我和内人还开车去了一趟大兴安岭，在海拉尔就遭遇到了一场迷蒙的大雪，雪花漫天飞舞，让人睁不开眼。正所谓"北风卷地白草折，胡天八月即飞雪"。那一情景还让我想起唐代诗人高适的诗，"千里黄云白日曛，北风吹雁雪纷纷。莫愁前路无知己，天下谁人不识君？"此时，雪与人可谓同义者也。

　　小院也正儿八经地下起了大雪，菜地上、栅栏上、廊架上到处都落着雪，足有一尺厚。记得年轻的时候开车经过一个村庄，也看到过此种情景，还写了一首诗。全诗记不得了，只记住其中的两句，"篱笆架上银龙闹，枫叶竞放白牡丹"。此时此刻，小院的风景已经和诗画融在一起了。的确，今年冬天雪下得早啊，而且下得特大。恰好这期间，朋友邀请我和内人去大连的长兴岛，朋友说就当过来度假了。的确，在一个地方待久了，就想出去走一走。这也是多年养成的习惯，年轻的时候就是开车到处跑。当了编辑之后又到处跑，出去组稿，参加各种会议，等等。用当地人的话说，脚有点儿飘了。其实，就是出去散散心，远离尘世，远离喧嚣，远离各种烦恼和琐碎，抛开这所有的一切，投身到大自然里去。要知道，这心哪，在芸芸众生的大千世界里总是很累，也很脆弱，而大自然则是释累去烦的最好医生，是治疗人们心灵困顿的一剂良药。

秋去长兴岛

这次去长兴岛，按照现在流行的说法，属于"私人定制"。这次活动是由原《航空画报》（因为疫情的原因，该刊已经黄了，散伙了）两个年轻人组织的，这俩小兄弟成立了一个"鞍与笔"的工作室。这次叫上一些他们的朋友，包括我和夫人。俩小兄弟给这次活动起了一个叫"寻找 39 度蓝"的名字。并且制作了一个动漫画面，挺漂亮，挺现代的，不知情者还以为是一个正式的活动。这也很好，起码让参与者变得端庄起来。

长兴岛是我国唯一的一个边防岛。我们在岛上有几项活动，一项是品尝海鲜（这是不必说的），再一项是到深海里海钓和看蛙人海上捕捞作业。本次活动只有短短的两天。加上往返共四天的时间。

可是，我们完全没有想到，从哈尔滨去大连很麻烦。坐飞机只有两趟，一趟是途经上海，然后到大连，需要六个小时。另一个航班是途经济南，然后转回来，去大连。要兜上一大圈儿，差不多也得五六个小时。这非常不科学。何况当下上海的机场或有疫情的危险。那就改乘火车。想不到乘火车也有问题，如果乘坐高铁，到大连差不多是下午三点多钟，然后乘坐去长兴岛的海船。去长兴岛的最后一班海船是下午三点钟，那就赶不上船了，需要在码头附近找地方住一宿，第二天再走。而且也不是说走就能走的，还要看海浪大小，海风大小，如果风高浪急，轮渡是不开船的。那就只能滞留在港口。最后，我们选择从哈尔滨乘动车到沈阳，在沈阳和两个小兄弟会合，第二天两个小兄弟开车和我们一块儿去码头坐船去长兴岛。全过程需要三四个小时。这应该没有问题了吧？

没有想到，我们出发这一天哈尔滨下起了大暴雪，而且是五十年一遇的大暴雪。我一看这是去不了了，不要说去长兴岛，就是从家里出发到火车站都很困难，出租车肯定不好打，而且也不一定打得到。内人说试一试呗。你不是说过，任何天气对写作者来说都是好天气嘛。我的确说过，可是大雪封城你走不了也没办法。于是她打网约车，自己把价钱提高到一百元，平时也就是三十多元。但还是没有人接单。中午，按照家庭习惯"上马饺子，下马面"。内人专门包了饺子。吃是没有问题的，但是你必须搞清楚，不是你包了饺子就走得了的。

吃过饺子她抱着最后一线希望，决定最后再"滴滴"（出租车）一次，没想到很快就有人接单了，更没想到接单的出租车司机就在我们楼下面馆吃面呢，他说，我吃完面就过去，等我五分钟。我天哪，看来必须得走了。于是抓紧收拾，到了楼下，出租车已经等在那里了。

雪太大了，差不多有半米厚。这是一个老司机，非常热情。他之所以下雪还出来干活儿，我猜想，一定是生活的压力把他逼到雪路上来了。当然，毫无疑问，这是他心甘情愿的。

现在哈尔滨成了名副其实的雪城了。路上到处堵车，我们选择了一条远路。这一路上到处都是成排的巨无霸型的扫雪车，只是雪太大了，扫雪车根本不起什么太大的作用。而且，到处都弥漫着大烟炮。这让我想起了苏联的一部电影，好像叫《驿站》，是在西伯利亚地区，也下着同样的暴风雪，半天也看不清从远处驶来的驿站马车。路上，我顺手拍了点儿视频。我刚会一点儿小视频的制作。我心想，即便是到了火车站也未见走得了，那就权当是一项体验吧。

想不到，这一路还算顺利。到了火车站，一进候车室就听到广播，内容全都是停运、延迟、停运，从多少次到多少次车，然后，还是从多少次到多少次，停运、延迟、停运。基本上就是停运。我到了查询处询问，回答令我吃惊，说，你们这趟车正常正点开。回来告诉内人，内人很高兴，她喜欢旅游啊。在停运广播的伴奏之下，我想是不是我听差了，或者是询问处的工作人员马虎说错了。这么多人问难免答错。我再去问一遍。我又问了一遍，他说，刚才不是告诉你了吗？你让我说多少遍，正点开，正点开，正点开！听不懂吗？我说，听懂了，听懂了，谢谢。

回来说，正点开。内人说，我说嘛，我老公是一个福将，一切都没问题。我说，我非常欣赏你这种盲目的乐观。真好，我要有你这种性格该活得多滋润哪。

好吧，那就等，跟他们磕到底。

火车应当算是正点开了，只晚点了不到半个小时，这已经是很好的了。我们排队等着上车的时候，看见铁路上的女孩子们每人拿了一把扫帚去清扫站台上的雪。对她们来说，今天，就是永远的记忆呀。

开始检票了，那男检票员高喊，军人优先，军人优先，谁是军人？有几个没穿军服的军人过来了，他们拿出了军官证优先进去了。这很像战争中的某个场面。然后是妇女儿童，残疾人，老年人。

暴风雪猛烈袭击着火车站的站台，这俨然是战争的场面。俄国的卫国战争，抗美援朝战争，什么什么的战争都可以形容我眼下的场面。是啊，任何天气对作者来说都是好天气啊。

火车缓缓地开动了，这一路走走停停，停停走走。一路上，火车冒着暴风雪前进，前进，前进，进。我们看到很多人在铁路两边清雪。那简直是蚂蚁搬家式的清雪，太艰难了。到了沈阳车站，晚点三个小时。在车站上接我们的那两个"39度蓝"的小伙子冻得不行了。开始他们在微信里还问我，阿成老师想吃什么？我说老边饺子。后来他回信说，天太晚了，饭店都打烊了，本来疫情防控期间就很少有饭店开门，再加上这么大的雪，谁会冒着大雪出去吃饭呢？是啊，是啊，那就随便吧。

下了车一看，沈阳的雪也不小，不过已经停了。但比起哈尔滨的雪那简直是天上地下。上马饺子，下马面。我们找了一个地方吃面条，不错，不错，味道也不错。

再见，小院

　　返程一路顺利，哈尔滨的火车还算通畅，毕竟大雪已经过去了。但是大雪仍然盘踞在这座城市里，还没有完全清理干净。我觉得这也挺好的。记得我小的时候根本没有清雪这一说。当然那个时候的人也很少，积雪就那样在路面上、院子里积着。这反倒是一道漂亮的风景线。我曾经去过俄国的西伯利亚，就是那种大雪覆路的风光。当然，保持这样的天然风貌，前提是，人少、车少才行。

　　回来稍作休息，喘口气，心里还惦记着小院，马上开车去。

　　来到小院以后，看到大白菜的长势虽说不十分地好，但也不差。只是我们要去海南过冬了，如果送给孩子们，他们一定是不感兴趣的。邻居老于的夫人告诉我，这好办，你别拔出来，就用塑料袋儿把每一棵白菜包上，再系好。这样可以保持大白菜始终翠绿翠绿的，然后就不用管它了。吃的时候砍下一棵，用水一焯，蘸酱特别好吃。是啊是啊，我想起来了，记得小的时候的确是这么一种吃法。于是按照于夫人的说法，把大白菜用塑料袋儿一棵一棵地包了起来。除此之外，还有小院里种的各种树，不知道能不能度过黑龙江严寒的冬天。虽说心里有万般的不舍与牵挂，但这毕竟不是凡人所能决定的事，还是听天由命吧。听天由命的还有小院那紫色的睡莲、黄澄澄的苞米和悬挂在栅栏上的那些吃不完的苦瓜。这让我想起鲁迅先生写的《从百草园到三味书屋》，这里，也只能学鲁迅先生，再见了，小院，再见了，我亲爱的山茶树、桂花树、花椒树、香椿树、樱桃树、紫藤和睡莲。

过两天我们就走了，还有点担心房间里的几盆花，嘱咐女儿我们走后经常过来给花浇浇水。不过，有人预测今年冬天还会有疫情。如果是那样的话，小院又要封闭了，外人是进不来的，那只能是听天由命了。唉，这些花也怪可怜的，这场疫情搞得不但人遭罪，植物、动物都遭罪呀。可这又有什么办法呢？

然而不然，疫情解除以后，我嘱咐大女儿开车去小院看看，人在天涯，总觉得小院有什么地方让人感到不放心，不安心。大女儿到了小院，打开房门，让她惊喜的是，屋子里的几盆花居然都活着，那盆刺梅居然开了花。说起来至少也有两三个月的时间没给它们浇水了。那么，这些花是靠什么活下来的呢？真是咄咄怪事啊。

是啊，小院里的生活日记恐怕也只能写到这儿了。古人说："爱好由来下笔难，一诗千改始心安。阿婆还似初笄女，头未梳成不许看。"经过再三修改，现在可以看了，但仍然惶惶不安也。

期待明年，丁香花盛开的时候，我们小院见。

二○二一年三月于三亚（三稿）

图书在版编目（CIP）数据

小院笔记/阿成著. -- 北京：作家出版社，2022.1
ISBN 978 - 7 - 5212 - 1462 - 8

Ⅰ.①小… Ⅱ.①阿… Ⅲ.①散文集 – 中国 – 当代
Ⅳ.①I267

中国版本图书馆 CIP 数据核字（2021）第 120417 号

小院笔记

作　　者：阿　成
插图作者：何立伟
特约编辑：王晓君
责任编辑：田小爽
装帧设计：留白文化
出版发行：作家出版社有限公司
社　　址：北京农展馆南里 10 号　　　邮　　编：100125
电话传真：86 – 10 – 65067186（发行中心及邮购部）
　　　　　86 – 10 – 65004079（总编室）
E – mail: zuojia@zuojia. net. cn
http: // www. zuojiachubanshe. com
印　　刷：河北京平诚乾印刷有限公司
成品尺寸：130 × 185
字　　数：174 千
印　　张：9.75
版　　次：2022 年 1 月第 1 版
印　　次：2022 年 1 月第 1 次印刷
ISBN 978-7-5212-1462-8
定　　价：58.00 元